금오신화

노래는 흩어지고 꿈같은 이야기만 남아

9

금오신화

노래는 흩어지고 꿈같은 이야기만 남아

전국국어교사모임 기획 · 최성수 글 · 노성빈 그림

Humanist

'국어시간에 고전읽기' 시리즈를 펴내며

고전을 읽어야 한다는 가르침은 어릴 때부터 귀가 따가울 만큼 들었다. 그러나 몸소 이를 따르는 사람은 흔치 않다. 종종 고전을 가까이하는 사람들이 있는데 이들은 대체로 삶을 헛되이 보내지 않고 훌륭한 일을 이루어 세상에 뚜렷한 이름을 남겼다. 고전 안에 그만큼 값진 속살이 들어 있기 때문이다.

고전이 이처럼 깊은 가치를 지녔는데 어째서 고전을 읽는 사람은 흔치 않을까? 아마도 고전이 사람을 쉽게 끌어당겨 주지 않기 때문일 것이다. 고전은 우리에게 섣불리 손짓을 하지도, 눈웃음을 치지도 않는다. 고전은 끈기를 가지고 파고들어 오는 사람에게만 마지못한 듯이 웃음을 지으며 속내를 털어놓는다. 고전은 요즘보다 훨씬 무뚝뚝하던 옛날에 이루어진 삶이며 글이기 때문이다.

그래서 우리는 청소년들이 고전을 즐겨 읽을 수 있도록 마음을 다했다. 뻣뻣하고 까칠한 고전을 달래서, 부드럽고 친절하게 청소년을 끌어당기도록 손을 쓰고 공을 들였다. 멋없이 무뚝뚝하던 고전을 정성껏 매만져서 두 팔을 활짝 벌리고 청소년들을 끌어안을 수 있도록 탈바꿈했다.

고전은 이제 온전히 겉모습을 바꾸어 청소년들을 맞이할 것이다. 자칫 속살까지 탈바꿈한 것처럼 보일지 몰라도 책을 읽다 보면 예스러운 고전의 맛과 멋을 한껏 느낄 수 있을 것이다. 우리는 무엇보다도 고전이 고전다운 속내와 뼈대를 온전하게 지니도록 하는 데 힘을 쏟았다.

고전은 시공간을 뛰어넘고, 나라와 겨레를 뛰어넘어 세상 모든 사람에게 큰 울림을 준다. 《시경》, 《탈무드》, 《오디세이아》, 셰익스피어와 괴테의 작품이 세상 모든 이에게 가르침을 주듯이, 우리의 고전도 모든 이에게 값진 가르침을 줄 것이다. 가르침이 서로 다르기는 하지만 높낮이가 있는 것은 아니다. 그러므로 세상 고전을 두루 읽어야 하는 것이나, 우리는 우리네 고전부터 읽는 것이 마땅한 차례다.

이런 뜻으로 전국국어교사모임에서 '국어시간에 고전읽기' 시리즈를 펴낸 지 십 년이 되었다. 누구나 두루 즐기며 읽을 수 있도록 쉽게 풀어 쓰고 맛깔나고 재미있는 작품으로 재창조하려고 무던히도 애썼다. 다행히도 많은 독자로부터 분에 넘치는 사랑을 받았고, 우리 고전을 가까이하고 즐기는 청소년들이 많이 늘어 고마울 따름이다.

지난 십 년처럼 묵묵하게 이 시리즈를 이어 갈 생각으로 첫 마음을 되새기며 글과 그림을 더하고 고쳐 좀 더 새로운 얼굴의 우리 고전을 세상에 다시 내놓으려 한다. 이 책을 통해 우리 청소년들이 풍성하고 가치 있는 고전의 바다에 풍덩 빠질 수 있기를 기대해 본다.

2012년 11월

전국국어교사모임

《금오신화》를 읽기 전에

누구나 한번쯤은 죽음 이후의 세계를 꿈꾸거나 우리가 지금 살고 있는 세계에 대한 궁금증을 가져 본 적이 있을 것입니다. 인간의 이러한 상상력은 때로는 과학으로, 문학으로, 혹은 종교로 구체화됩니다. 또 다른 시간의 차원이 존재할 수 있음을 밝힌 아인슈타인의 상대성 이론, 요정과 난쟁이의 세계를 그려 낸 영화 〈반지의 제왕〉, 죽음 이후의 세계를 믿는 수많은 종교. 이 모든 것은 다른 세계에 대한 호기심과 상상이 만들어 낸 결과물입니다.

《금오신화》 역시 이러한 꿈이 그려 낸 세계로, 그 안에는 살아 있는 자들과 죽은 자들의 세계를 오가는 이야기가 실려 있습니다. 두 세계의 만남은 남녀 간의 사랑으로 나타나기도 하고, 신들의 세계를 엿보는 것으로 드러나기도 합니다.

《금오신화》를 지은 김시습 역시 이런 방식으로 세계를 이해했습니다. 김시습은 어려서 세종의 총애를 받던 천재 소년이었지만, 조카를 죽이고 왕이 된 세조에 저항하여 결국엔 세상에 대한 뜻을 접었습니다. 그런 김시습이 불합리한 현실을 어떻게 극복하고자 했는지, 또 그가 생각하는 진정한 사랑은 무엇인지 우리는 이 소설을 통해 살펴볼 수 있을 것입니다.

원래 《금오신화》는 한문으로 쓴 소설입니다. 그래서 오늘의 청소년들이 쉽게 《금오신화》를 접할 수 있도록 우리말로 새롭게 풀어 썼습니다. 성균관대학교 대동문화연구원에서 영인한 《매월당 전집》과 세종대왕기념사업회에서 영인하고 국역한 《매월당집》의 원문을 기본으로 하고, 기존의 번역된 여러 자료를 참

고했습니다.

특히 어려운 어휘와 한문식 문장, 배경을 알아야 이해할 수 있는 한시 들은 가능하면 쉽게 바꾸었습니다. 이야기의 맥락을 위해 내용을 손보거나 덧붙인 부분도 있습니다. 하지만 전체적으로는 원문을 살리려고 애썼습니다.

고전은 늘 새롭게 번역되고 창작되어야 한다는 말을 믿고 펴내는 이 이야기가 청소년들에게 우리가 사는 곳과는 다른 세계의 모습을 열어 줄 수 있었으면 합니다. 그리고 그 두 세계에 속한 사람들의 지고하고 진솔한 사랑에 마음 한 편을 적실 수 있다면 더 바랄 게 없겠습니다.

2014년 3월

최성수

차례

좋은 인연 되려는가 나쁜 인연 되려는가

안타까운 내 마음엔 하루도 너무 길어

시 한 수를 고이 지어 마음을 전하오니

어느 날에 그대와 나 신선처럼 만나 볼까

만복사저포기

만복사에서 저포 놀이를 하다

만복사 뜰에 배꽃이 흰 구슬처럼 곱게 핀 어느 봄날 밤이었다. 인적 끊긴 배나무 사이로 시를 읊조리는 나지막한 목소리가 흘러들었다. 그 주인공은 어려서 부모를 여의고 절 동쪽의 작은 방에 혼자 사는 한 젊은이였다. 성이 양씨인 이 젊은이는 오랫동안 친구도 가족도 없이 지내 오고 있었다. 이날처럼 아무 소리도 들리지 않는 적막한 밤중에 잠이 깨면 그의 외로움은 더욱 깊어졌다. 그래서 누군가 자기 소리를 듣고 말을 걸어 주었으면 하는 부질없는 기대로 시를 지어 읊고 있었다.

창밖에는 쓸쓸한 배나무 한 그루
잠 못 드는 봄밤 달은 밝은데
누구인가,

창밖에서 홀로 퉁소를 부는 저이는

물총새 날아가고
짝 잃은 원앙새 부리를 씻네.
어디인가,
그리운 내 사랑 계신 곳은

밤을 새는 등잔불이
깊은 한숨에 흔들리네.

양 선비가 시를 읊고 나자 갑자기 하늘에서 큰 소리가 들렸다.

“아내를 얻고 싶으냐? 걱정할 필요 없느니라.”

이 소리를 들은 그는 깜짝 놀라 사방을 둘러보았다. 그러나 소리가 나는 곳이 어딘지 알 수 없었다.

‘아하, 이 소리는 아마도 내게 맞는 아내를 얻게 해 주겠다는 부처님의 계시인가 보다.’

그는 자신의 귀를 의심하면서도 괜히 마음이 들떠 깊은 잠에 들지 못하고 밤새 궁리를 했다.

이튿날은 마침 3월 24일이었다. 남원 지방에서는 매년 이날이면 만복사에 가 등불을 밝히고 소원을 비는 범패 풍습이 있었다. 아침부터

• **만복사**(萬福寺) 전라북도 남원에 있던 절. 지금은 절터만 남아 있다.
• **범패**(梵唄) 절에서 재(齋)를 올릴 때에 부르는, 석가여래의 공덕을 찬미하는 노래.

만복사에는 많은 사람이 몰려들어 등불을 켜고 소원을 비느라 발 디딜 틈이 없었다.

해가 저물어 범패 행사가 끝나자 그 많던 사람도 구름 흩어지듯 사라져 버렸다. 절이 조용해진 것을 확인하고 그제야 양 선비는 소매 속에 저포를 감추고 불당으로 들어갔다. 불상 앞에 절을 하고 난 그가 부처님을 쳐다보며 입을 열었다.

"부처님, 오늘 저와 저포 놀이나 하시지요? 제가 지면 부처님께 성심을 다해 불공을 드리겠습니다. 만약 부처님이 진다면 제가 예쁜 아내를 얻도록 해 주십시오."

말을 마친 그는 저포를 허공에 높이 던졌다. 바닥에 떨어진 패를 보니, 그의 승리였다. 그는 얼굴에 환한 미소를 띠며 부처님께 말했다.

"보십시오, 제가 이겼습니다. 약속대로 제게 예쁜 아내를 구해 주십시오."

그는 부처님께 꼭 약속을 지켜 달라며 다짐을 두고, 불상 앞 제물을 차려 놓은 상 아래에 숨어 소원이 이루어질 때를 기다렸다.

얼마가 지났을까, 나이 열대여섯 되어 보이는 아리따운 아가씨가 불상 앞으로 다가오는 것이 아닌가. 머리는 두 가닥으로 엮어 쪽을 졌고, 옷차림도 깨끗했으며, 용모도 빼어난 것이 꼭 하늘나라 선녀 같았다. 그는 상 아래에서 아가씨의 모습을 넋을 놓고 바라보았다.

누군가 상 아래에 숨어 있으리라고는 꿈에도 생각하지 못한 아가씨는 등잔에 기름을 부어 불을 켜고, 부처님께 몇 차례 절을 한 뒤 꿇어앉아 한숨을 내쉬며 혼잣말처럼 중얼거렸다.

"제가 복이 없는 팔자라 이렇게 된 것인가요?"

아가씨는 다시 한숨을 내쉬며 품속에서 글이 적힌 종이를 꺼내 바닥에 펼쳐 놓았다. 아가씨는 부처님께 글을 바친 뒤 엎드려 한참을 흐느꼈다. 그 모습을 보던 양 선비는 불쌍하고 안타까운 마음이 들어 상 아래에서 나와 아가씨에게 물었다.

"아가씨, 대체 무슨 일로 이토록 슬피 우시나요?"

갑자기 나타난 그의 모습을 본 아가씨는 깜짝 놀라 어쩔 줄 몰라 했다. 그는 얼른 아가씨가 부처님께 바친 글을 훑어보았다.

아무 고을에 사는 아무개, 감히 부처님께 아룁니다. 몇 해 전 왜구가 국경을 넘어 침입한 때의 일입니다. 왜구와 맞서 싸우느라 창과 방패가 어지러이 맞부딪치고 봉홧불은 해가 바뀌도록 계속 타올랐습니다. 왜구는 집집마다 불을 지르고 약탈을 일삼았으며, 사람들은 왜구를 피해 이리저리 도망치기에 바빴고, 친척과 노비도 사방으로 흩어져 생사를 알 수 없는 지경이 되었습니다.

그때 저는 연약한 아녀자의 몸으로 집을 떠나 멀리 도망칠 수가 없었기에 골방에 숨어 정절을 지키며 근근이 목숨을 부지했습니다. 피난에서 돌아오신 부모님께서는 정절을 잘 지킨 저를 어여삐 여기셔 칭찬하셨습니다. 그러고는 저를 시골로 보내 자연에 묻혀 마음 편히 살게 해 주셨습니다. 그렇게 이 시골에 와서 산 지가 어느새 삼 년이나 되었습니다.

하지만 가을 달과 봄꽃을 봐도 마음은 허전하고 쓸쓸하기만 합니다. 날마

* 저포(樗蒲) 우리 나라 전통 놀이의 하나로 주사위 놀이와 비슷하다.

다 들판을 흐르는 물과 하늘의 구름만 보면서 아무 할 일 없이 하루를 보내곤 합니다. 깊은 산골에 사니 마땅한 짝을 만나지 못해 그저 저의 박복함을 한탄할 뿐입니다. 이제는 넋이 빠지고 애간장이 끊어질 지경이 되었습니다.

부처님이시여, 저를 불쌍하게 여기시어 배필을 만날 수 있게 해 주십시오. 사람의 앞날은 미리 정해져 있고, 지은 업은 피할 수 없다고 합니다. 하지만 산목숨에게는 모두 인연이 있지 않겠습니까? 부디 제게 사랑하는 사람을 만나 함께 살 수 있는 기쁨을 주십시오. 간절히 부탁드립니다.

글을 다 읽고 난 그는 기쁨에 가득 차 소리를 질렀다.

"아가씨는 누구십니까? 왜 여기에 혼자 오셨나요?"

아가씨는 당황했지만 젊은이에게 악한 기운이 없는 것을 느끼고 부드러운 미소를 지으며 대답했다.

"너무 이상하게 생각지 마십시오. 저는 그저 평범한 아녀자입니다. 이름이 무슨 상관이겠습니까? 이렇게 만난 것으로 보아 예사 인연이 아닌 듯한데, 선비님은 아름다운 짝만 얻으시면 되지 않겠습니까?"

아가씨의 말을 듣자 그는 기뻐 어쩔 줄 모르는 표정을 지었다.

그 당시 만복사는 이미 퇴락할 대로 퇴락한 상태였다. 그래서 스님은 절의 한 귀퉁이에 살았으며, 대웅전 앞에는 행랑채만 덩그러니 놓여 있을 뿐이었다. 행랑채에 있는 방들의 판자도 삭아 구멍이 숭숭 뚫려 있었다.

그는 아가씨를 안내해 행랑채의 방으로 향했다. 아가씨는 부끄러워하지 않고 그를 따라 판자 방으로 들어갔다. 두 사람은 밤늦도록 이런저런 이야기를 나누며 즐거운 시간을 보냈고, 앞날을 함께하기로 약속했다. 서로 마주 앉아 이야기를 나누다 보니 둘은 마치 오래전에 헤어졌던 가족을 다시 만난 것처럼 가까움을 느꼈다.

서로 한동안 이야기를 나누고 있는데, 동산에 환한 달이 떠올랐다. 달그림자가 창문에 일렁일 때였다. 갑자기 창밖에서 발자국 소리가 났다. 아가씨가 깜짝 놀라 밖에다 소리를 질렀다.

"누구냐? 삼월이냐?"

그러자 밖에서 몸종인 듯한 여인의 대답이 들려왔다.

"예, 아씨. 요즘은 외출을 하셔도 중문 밖으로는 걸음하지 않으시더니 어제는 저물녘에 나가 돌아오지 않으셔서 이렇게 찾아 나선 길입니다. 여기에 계셨군요. 어떻게 이곳까지 오셨나요?"

"그러냐? 오늘 내가 여기 온 것은 우연히 일어난 일이 아닌 것 같구나. 하늘이 돕고 부처님이 보살피셔서 이렇게 멋진 낭군을 만나 백년해로를 약속하게 되었다. 부모님께 아뢰지도 않고 결혼을 약속한 것은 불효이지만, 우리가 서로 마음이 통한 것도 거역할 수 없는 기이한 인연이라고 할 수 있지 않겠느냐. 너는 어서 집에 가서 돗자리와 술, 안주를 준비해 오너라."

"예, 얼른 다녀오겠습니다."

얼마 뒤 삼월이가 돌아와 마당에 술상을 차렸다. 새벽 두 시 무렵이었다. 돗자리를 깔고 작은 상을 놓았는데, 소박하지만 품위가 있었다.

무늬 없이 담백한 그릇들이 윤이 날 듯 깨끗했고, 술과 음식에서는 그윽한 향이 풍기는 것이 인간 세상의 음식 같지가 않았다. 그는 의아한 느낌이 들었지만, 여인의 다소곳한 말투와 단정한 웃음소리, 반듯한 몸가짐으로 보아 그저 귀한 집 딸이겠거니 생각했다.

아가씨가 먼저 잔을 들어 양 선비에게 권했다. 그러고는 삼월이에게 권주가를 부르게 하며 말했다.

"이 아이는 옛날 노래만 부를 줄 압니다. 제가 새로 노랫말을 지어 부르게 해도 될까요?"

"그거 좋지요."

그가 기뻐하며 얼른 대답했다. 아가씨는 〈만강홍(滿江紅)〉이라는 곡조에 맞춰 노랫말을 지어 삼월이에게 부르게 했다.

쌀쌀한 날씨에 얇은 비단옷 하나만 걸치니
불 꺼진 봄밤 더 애달파라.
눈썹처럼 산 그림자 지고, 양산처럼 저녁 구름 퍼질 때
비단 휘장 속 원앙금침은 누구와 덮을까?
금비녀 반만 꽂고 퉁소를 불면
아, 구슬처럼 날아가 버리는 한 세월이여.
마음속 시름은 깊어만 가고
낮게 두른 병풍 앞 등불은 가물대는데,

* **양산(陽傘)** 일산(日傘). 햇볕을 막는 가리개.

눈물 많은 나의 몸을 사랑할 이 그 누구인가?
기쁜 이 밤, 그대 만난 밤
피리 불어 봄을 되부르고
사무친 한을 씻어 내니
곱디고운 노랫가락 술잔에 기웃기웃
지난날 돌아보니 아득해라
외로움 속에 잠들던 그 시름겹던 밤.

노래가 끝나자 아가씨는 갑자기 근심스런 표정을 지으며 말했다.

"오늘 선비님을 뵈어 기쁘기 그지없습니다. 선비님이 저를 멀리하지 않으신다면 앞으로 지성껏 모시겠습니다. 하지만 만약 저를 받아 주시지 않는다면, 저는 영원히 먼 곳으로 떠날까 합니다."

아가씨의 말을 들은 그는 깜짝 놀랐다.

"내가 어찌 아가씨를 멀리할 수 있겠습니까? 그런 걱정은 하지 마십시오."

양 선비의 말에 비로소 아가씨의 표정이 밝아졌다. 그는 그런 아가씨의 얼굴을 자세히 살펴보았다. 아무리 보아도 곱고 반듯한 모습이었다. 하지만 어딘가 이 세상 사람 같지 않다는 느낌은 지울 수가 없었다. 나이가 찬 아름다운 여인이 야심한 시각에 혼자 절에 와서 처음 본 남자와 밤을 새는 것도 이상한 일이었다. 그의 마음속에는 궁금증이 더해 갔지만 아가씨와 함께 있는 것이 너무나 행복했기에 의심을 우선 접어 두었다.

이때 이미 달은 서쪽 산봉우리에 걸리고, 먼 마을에서는 닭 울음소리가 들려왔다. 절에서도 종소리가 은은하게 울리기 시작했다. 벌써 새벽이 온 것이다.

"자, 이제 그만 너는 자리를 걷어 돌아가거라."

아가씨가 분부하자 삼월이는 자리를 걷어 들고 어디론가 사라져 버렸다. 잠시 후 아가씨가 양 선비에게 말했다.

"이미 우리 운명은 결정되고 말았습니다. 이제 저와 함께 가시지요."

여인은 그의 손을 잡고 만복사를 나와 마을 길을 걸어갔다. 두 사람이 지나가자 집집마다 개들이 짖어 대기 시작했다. 길을 가다 마주친 마을 사람들은 두 사람이 함께 가는 것을 못 본 양 그저 그에게만 말을 건넸다.

"양 선비님 아니십니까? 이렇게 이른 아침에 어디로 가십니까?"

그도 그저 모른 체하고 대답했다.

"취해서 만복사에 누워 자다가 친구 집에 가는 길입니다."

날이 점점 밝아 오기 시작했다. 아가씨는 거침없이 숲길을 헤치며 앞장서 갔다. 그러나 그는 이슬에 흠뻑 젖은 풀숲 때문에 어디로 가는지 좀체 짐작할 수가 없었다.

"사는 곳이 어째 좀 이상하군요."

그가 고개를 갸웃거리며 아가씨에게 말했다. 그러자 아가씨가 웃으며 대답했다.

"아녀자가 혼자 사는 집이 그렇지요, 뭐."

아가씨는 풀숲을 스적스적 걸어가며 노래를 흥얼거렸다.

못 가겠네 못 가겠네,
풀숲에 이슬 많아 나는 못 가겠네.
어찌 못 가리, 어찌 못 가리,
풀숲에 이슬 많다고 가야 할 길 어찌 못 가리.

아가씨의 노랫말을 듣고 그도 농담처럼 노래를 흥얼거려 대답했다.

숫여우 저 숫여우 다리 위에서 어슬렁어슬렁.
아가씨, 그 여우 보고 넋 나간 듯 흔들흔들.

서로 노랫말을 주고받으며 두 사람은 한바탕 웃음을 터트렸다.

얼마를 더 걸어 개녕동이라는 동네에 이르자 아가씨의 집이 나타났다. 화려한 기와집이었는데, 쑥대 풀이 키 높이로 우거지고, 가시나무가 높이 솟은 곳에 자리 잡고 있었다.

아가씨의 안내에 따라 방 안으로 들어서자 이부자리와 휘장이 가지런히 정리되어 있었다. 그는 그 집에서 아가씨와 사흘 동안 머물렀다. 그런데 그 사흘이 마치 하루처럼 순식간에 지나가 버린 것 같았다.

몸종 삼월이도 수더분했으며, 예의 바르게 행동했다. 집 안에 진열된 모든 물품은 사치스럽지 않으면서도 깨끗하여 높은 기품이 깃들어 있는 것 같았다. 그는 그런 것들을 보며 인간 세상의 것 같지 않다는 생각을 했다. 하지만 아가씨와의 정에 이끌려 그런 생각을 입 밖에 내지는 않았다.

사흘이 지나자 아가씨가 양 선비에게 말했다.

"서방님이 이미 짐작하셨듯이, 이곳은 인간 세계가 아니랍니다. 이곳의 사흘은 인간 세계의 삼 년에 해당합니다. 벌써 많은 세월이 흘렀으니, 이제 서방님은 집으로 돌아가셔서 살림을 돌보시는 게 좋을 것 같습니다."

아가씨의 말을 들은 그는 길게 한숨을 내쉬었다. 혹시나 하고 두려워하던 일이 사실로 밝혀졌지만 그는 오히려 놀라지 않았다. 그보다도 처음으로 사람의 정을 느낀 아가씨와 헤어져야 한다는 말이 더욱 믿기지 않고 두려웠다.

"정말 우리가 헤어져야 하나요? 이별이 너무 빠른 것 아닙니까?"

그가 안타까워하자 아가씨가 진정 어린 표정으로 말했다.

"지금은 비록 헤어지더라도 우리는 반드시 다시 만나 영원히 함께 살 수 있을 거예요. 서방님이 누추한 우리 집까지 오시게 된 것도 우리에게 오래된 인연이 있었기 때문이랍니다. 그러니 너무 슬퍼하지 마시고, 제 오래된 이웃들과 마지막 시간을 보내 주시면 좋겠어요."

아가씨의 말에 그는 비로소 기운을 차리고 고개를 끄덕였다.

"그렇게 하지요."

아가씨는 삼월이에게 이웃 친구들을 불러오라고 했다. 잠시 후 이웃에 사는 여인 네 명이 아가씨의 방으로 들어섰다. 정씨, 오씨, 김씨, 류씨 성의 아가씨들이었다. 모두들 이웃에 사는 번듯한 집안의 딸들이라고 했다.

여인들은 모두 아리따운 모습에 그윽한 자태를 하고 있었다. 또한 그들 모두는 뛰어난 글재주를 지니고 있었는데, 두 사람의 이별을 아쉬워하며 각자 시를 지어 들려주었다.

먼저 정씨 여인이 시를 읊었다. 정 여인은 쪽진 머리 아래로 다소곳한 귀밑머리가 매력적인 사람이었다. 그 여인은 잠시 숨을 고르고 난 뒤 차분하게 시를 읊어 내려갔다.

봄밤, 꽃 피고 달빛 고와라.
긴 시름 끝에 세월은 덧없이 흐르는데,
내 한숨 자라고 자라 비익조라도 된다면
푸른 하늘 아래 마음껏 춤추고 놀리라.

빈 등불 밝힌 밤, 밤은 길고 길어,
북두칠성 기울고 달빛 스러지는데,
쓸쓸한 내게 찾아올 임은 어디 있는지?
푸른 적삼 해지고 머리카락은 빛을 잃었네.

매화꽃 지고 나자 스러진 약속
봄바람 불고 나니 사라진 사랑
베갯머리에 눈물이 스미고
뜰에는 봄비에 배꽃이 지네.

* **비익조(比翼鳥)** 암수가 눈이 하나씩밖에 없어 서로 짝이 되지 않으면 살 수 없다는 상상 속의 새. 금슬이 좋은 부부를 가리킬 때 쓰는 말이다.

고요한 빈산에서
긴 봄날이 다 가도록
지나는 나그네 하나 없으니
그리는 임 소식은 누가 전해 주랴.

정 여인이 시 낭송을 마치자 이번에는 오씨 여인이 나섰다. 오 여인은 삼단 같은 머릿결에 요염함이 가득했다. 오 여인은 감정을 한껏 시에 실어 읊기 시작했다.

만복사에 향 사르고 돌아오는 길
남몰래 던진 저포에 사랑을 맺자,
꽃 피고 달 뜨는 봄가을의 서러움도
그대가 준 한잔 술에 눈 녹듯 지네.

복숭앗빛 고운 뺨이 이슬에 젖어도
깊은 산속 긴 봄날에는 나비도 없네.
기뻐라, 오랜 벗의 백년가약
오가는 술잔 속에 노래 부르니.

제비 춤추는 봄바람 속에
애끓는 내 사랑은 자취도 없네.
부러워라, 연꽃 같은 이웃집 친구
임과 함께 연못에서 목욕도 하니.

푸른 산속 자리 잡은 아늑한 집에
연리지 핀 꽃은 해마다 붉네.
서러워라, 내 인생은 나무만도 못해
짝 없는 내 청춘 눈물만 가득.

오 여인의 시를 들은 김씨 여인이 나서며 꾸짖는 투로 입을 열었다.

"오늘같이 즐거운 날에 왜 자기 슬픔을 시에 얹어 노래합니까? 그저 지금 눈 앞에 있는 즐거운 일만 노래하면 되지, 쓸데없이 슬픔에 빠져 우리 마음을 인간 세상에 전하게 할 필요가 있겠습니까?"

반듯한 이마에 뚜렷한 눈썹이 아름다운 김 여인은 낭랑한 목소리로 시를 낭송하기 시작했다.

• **연리지(連理枝)** 두 나무의 가지가 서로 맞닿아서 결이 서로 통한 것. 부부의 사이가 좋은 것을 가리킨다.

깊은 밤을 두견새 울고 가더니
은하수 희미하게 동쪽으로 기우네.
구슬픈 퉁소 소리 다시는 내지 마라.
이 풍경 세상 사람이 모두 알까 두려워라.

금 술잔에 넘치도록 술을 부으니
사양하지 마시고 취하도록 드시오.
날 밝아 샛바람 거세게 불면
한바탕 봄빛이야 꽃처럼 질 테니.

초록빛 소맷자락 가벼이 드리우고
노랫가락 안주 삼아 싫도록 드시오.
맑은 흥 그치기 전에는 돌아가지 마오.
노랫말 새로 지어 풍류를 이으리니.

구름같이 곱던 머리 흙이 된 지 몇 해던가?
오늘에야 임을 만나 얼굴 펴고 웃어 보네.
고당의 사랑 이야기 신기하다 하지 마오.
향기 가득한 이야기 세상 곳곳 퍼지리니.

류씨 여인은 엷은 화장에 흰옷을 입어 수수했지만 함부로 말하지 않고 빙그레 웃는 모양이 법도가 있어 보였다. 김 여인의 낭송이 끝나자 이번엔 류 여인이 입을 열어 자기 시를 조용히 읊기 시작했다.

굳은 절개 지켜 온 지 몇 해던가?
향기롭고 고운 넋 구천에 묻고,
봄밤이면 선녀의 짝으로 남아
계수나무 그늘 아래 홀로 잠들지.

복숭아꽃, 자두 꽃, 바람에 날려
하늘하늘 집집마다 흩날리누나.
한평생 내 절개 올곧이 지켜
옥 같은 마음은 그대로인데.

버려둔 화장대는 먼지만 가득하고
긴 머리는 세월만 헤아리다가
오늘에야 이웃집에 잔치가 흥겨워
서둘러 꽂은 꽃이 부끄럽구나.

그대는 사랑하는 임 만났으니
천생을 건넌 인연 영원하리라.
월하노인 붉은 실로 맺어 준 사랑
두 부부 깊은 정 영원하리라.

류 여인이 마지막으로 시를 읊고 나자 아가씨는 여러 친구의 고마운

- **고당(高唐)** 중국 초(楚)나라 때 양왕(襄王)이 선녀를 만나 놀았다는 누각의 이름.
- **월하노인(月下老人)** 부부의 인연을 맺어 준다는 전설 속의 노인.

시를 듣고 그냥 있을 수가 없다며 화답하는 시를 지어 낭송했다. 이렇게 여인들이 시를 주고받을 때, 젊은이도 시를 공부한 사람이라 여인들의 시 짓는 솜씨가 뛰어남을 알아보고 감탄을 거듭했다.

"정말 아름다운 시들입니다. 저도 시를 조금은 배웠으니, 이번에는 제가 나서서 한 수 읊어 보겠습니다."

그는 목을 가다듬고 눈을 지그시 감더니 낮은 목소리로 시를 낭송하기 시작했다.

이 밤, 밤의 하늘이여!
하늘에서 내려온 여인들이여!
달빛 비친 눈동자는
머리 위 밤하늘에 떠 있고
아름다운 시에는
직녀가 짜던 베가 하늘에서 내려와 감겨 있네.

하늘에서 선녀가 내려오고
시가 흘러 은하수를 이루고
술잔이 돌아 별빛을 담으니
잔치는 더욱 흥겹고
사랑은 더욱 즐겁구나.

옥로주 맑은 술은 술통 가득 담겨 있고
금향로에 용뇌향이 은근하게 풍겨 오고

푸른 주렴 걷는 소리에 산들바람 불어오니
기쁘다. 이제야 찾았구나.
이곳, 신선의 나라.

그대는 들었는가, 문소와 채란 이야기를
그대는 또 들었는가, 장석과 난향 이야기를
세월의 강을 건너고 하늘을 넘어서
사람의 인연은 이미 정해졌으니
기쁘다. 이제야 찾았구나.
그대, 나의 인연

그대여, 그 말은 거두어 주오,
내가 그대를 가을 부채처럼 버린다는 말.
그대가 나를 겨울 철새처럼 떠난다는 말.
우리 만났으니
꽃 피고 달 뜨는 시절 영원토록 살 터이니.

그의 시를 마지막으로 술자리가 끝나고, 두 사람이 이별할 시간이 다가왔다. 아가씨는 은그릇 하나를 꺼내 양 선비에게 주며 말했다.

- **용뇌향**(龍腦香) 향의 한 종류. 동인도의 용뇌수라는 나무줄기에서 뽑아낸 향수.
- **문소와 채란 이야기** 당나라 선비인 문소(文簫)가 선녀인 채란(彩鸞)을 만나 부부가 되었다는 이야기.
- **장석과 난향 이야기** 한나라 때 신선 장석(張碩)이 선녀 난향(蘭香)과 부부의 연을 맺었다는 이야기.

"우리 부모님께서 내일 보련사에서 저를 위해 제를 지내신답니다. 서방님께서 만약 저를 버리지 않을 생각이시면, 내일 이 그릇을 들고 보련사 가는 길목에 서 계십시오. 그러면 저와 함께 절에 가서 부모님께 인사를 드릴 수 있을 겁니다."

아가씨의 말에 그는 눈시울을 붉히며 고개를 끄덕였다.

"꼭 그렇게 하리다."

이튿날, 그는 아가씨의 말대로 보련사 가는 길목에서 은그릇을 들고 기다렸다. 얼마를 기다렸을까, 수레와 말을 길게 늘어세우고 보련사를 향해 오는 일행이 나타났다. 규모로 보아 부잣집 행렬임이 분명했다.

노부부는 보련사로 딸의 삼년상을 치르러 가는 길이었다. 지나쳐 가던 일행 중 하인 한 사람이 길가에 서 있는 그를 보고 주인에게 달려가 아뢰었다.

"웬 놈이 아가씨의 무덤에 묻었던 은그릇을 훔쳐서 들고 있습니다, 나리."

"정말이냐?"

깜짝 놀란 주인이 되물으며 말을 세웠다. 그러자 고자질을 한 하인이 허리를 굽실거리며 양 선비를 향해 손가락질했다.

"저놈이 가지고 있는 은그릇을 좀 보십시오. 저 그릇은 분명 아가씨의 무덤에 묻었던 것이 틀림없습니다."

주인이 그에게 다가와 물었다.

"대체 어떤 이유로 네가 내 딸의 무덤에 묻은 은그릇을 가지고 있는 거냐?"

그는 아가씨와 있었던 일과 두 사람이 한 약속을 차근차근 털어놓았다. 이야기를 다 듣고 난 아버지는 깜짝 놀라며 말에서 내려와 그의 손을 마주 잡았다. 죽은 딸이 다시 살아 온 듯이 세세하게 설명하는 이야기를 들으니 반가운 마음이 앞섰기 때문이다.

"내게 외동딸이 하나 있었지. 금이야 옥이야 기른 아이였는데, 지난번 왜구가 쳐들어왔을 때 싸움터에서 그만 죽고 말았다네. 전쟁 중이라 격식을 갖춰 장례를 치를 경황이 없어 개녕동 근처에 임시로 묻어 주었지. 차일피일 장례를 미루다 어느새 삼 년이나 지나 버렸네. 오늘이 마침 삼 년이 되는 날이라 보련사에 가서 제를 올리고 명복이나마 빌어 주려는 길일세. 자네가 내 딸과의 인연을 소중히 여기고 약속을 지킬 생각이 있다면 보련사로 함께 가세."

그는 고개를 숙여 인사를 하고 말했다.

"당연히 보련사에 가겠습니다. 하지만 곧 따님이 이곳에 올 것이니 함께 가겠습니다. 먼저 앞서 가십시오."

아가씨의 아버지는 양 선비의 말에 고개를 끄덕이며 일행을 재촉해 보련사로 향했다. 하지만 낯선 젊은이의 이상한 말을 다 믿지는 않는 눈치였다. 그는 길목에 우두커니 서서 아가씨가 오기를 기다렸다. 얼마 뒤 아가씨가 몸종을 거느리고 나타났다. 사흘을 함께 보낸 바로 그 여인이었다. 그는 여인의 손을 마주 잡고, 뛸 듯이 기뻐하며 함께 보련사로 갔다.

절 문에 들어서자 아가씨는 부처님께 절을 하고 난 뒤 흰 휘장을 쳐 놓은 곳으로 가 앉았다. 그러나 가족들과 스님들은 그녀가 온 것을 전혀 알지 못하는 눈치였다. 오직 양 선비만이 아가씨를 볼 수 있을 뿐이었다. 그를 바라보던 아가씨가 음식상이 차려진 한쪽 옆의 자리를 권하며 말했다.

"여기 앉아서 함께 식사를 하시지요."

"함께 식사를 하자는군요."

그는 아가씨의 말을 부모에게 그대로 전해 주었다. 부모는 양 선비의 말이 진실인지 알아보기 위해 함께 밥을 먹도록 권했다. 그가 상 옆에 앉아 식사를 하자, 두 벌의 수저 놀리는 소리가 또렷하게 들려왔다. 아가씨의 부모는 비로소 그의 말이 진실이라는 것을 알았다.

밤이 되자 아가씨의 부모는 그를 휘장 옆에서 자게 했다. 그러자 어둠 속에서 두 사람이 도란도란 이야기하는 소리가 들렸다. 사람들이 무슨 이야기를 나누는지 궁금해 귀를 기울이면, 소리는 갑자기 뚝 그쳤다. 아가씨가 그의 귀 가까이에 대고 낮은 소리로 말했다.

"저도 제 행동이 법도에 어긋난다는 것을 잘 알고 있답니다. 하지만 쑥대밭 우거진 들판에 묻혀 오랫동안 버림받은 채 살다 보니 사랑에 대한 그리움이 너무 깊었어요. 지난번에 만복사에 가서 부처님께 저의 박복한 운명을 하소연했더니 뜻밖에도 서방님을 만날 수 있었답니다. 저도 평범한 아낙들처럼 소박하고 단란하게 당신과 살고 싶었어요. 하지만 이승과 저승 사이에 가로놓인 벽을 넘을 수는 없나 봅니다. 이제 저승으로 떠날 때가 되었거든요.

날이 새면 저는 이 절을 떠나 저승으로 가야 한답니다. 저를 위해 제를 올리러 오신 부모님, 친척들과도 헤어져야 하지요. 한번 떠나면 다시는 만날 수 없을 겁니다. 헤어진다고 생각하니 가슴이 미어져 무슨 말을 해야 할지 모르겠어요. 부디 마음 편히 사시길 빌 뿐입니다."

얼마 뒤, 아가씨의 혼백은 절을 나가 흐느껴 울며 허공으로 떠나갔다. 가만히 들어 보니 그 울음소리는 이승에 남기는 그녀의 마지막 노랫말이었다.

저승 가는 길, 너무 멀어라.
울며 울며 떠나가네.
그대여, 부디 날 잊지 마소서.
슬픈 우리 부모님, 울지 마소서.
아득한 저승길, 혼자서 가네.
울며 울며 떠나가네.

아가씨의 노랫소리는 점점 가늘어지더니 마침내 아예 들리지 않았다. 아가씨의 부모는 어렴풋한 노랫말을 듣고 비로소 딸이 정말 떠나간다는 걸 느낄 수 있었고, 젊은이가 하는 말이 모두 사실임을 믿게 되었다. 양 선비도 아가씨가 정말 귀신이었다는 것을 새삼 깨닫고, 이별의 슬픔을 이기지 못해 아가씨 부모를 마주 안고 울음을 터트렸다. 한참이 지난 뒤 아가씨의 아버지가 정신을 추스르고 그에게 말했다.

"내 딸이 가지고 있던 은그릇은 자네가 알아서 하게. 또 내가 딸 앞으로 마련해 놓은 토지와 노비 몇 명이 있는데, 자네에게 주겠네. 죽어서 맺은 인연이지만 자네는 분명 나의 사위이니까 말일세. 부디 어

디 가 살더라도 내 딸을 영영 잊지는 말아 주게."

그는 부모의 말에 슬픔이 북받쳐 더욱 흐느낄 뿐이었다.

이튿날 그는 술과 고기를 챙겨 들고 아가씨가 있던 개녕동의 집으로 찾아갔다. 집터였던 곳에는 시체를 임시로 묻었던 자리가 선명히 남아 있었다. 그는 제물을 차려 놓고 종이돈을 불사르며 아가씨의 명복을 빌고 또 빌었다. 그리고 제문 한 편을 지어 바쳤다.

사랑하는 그대여.

그대는 온순한 성품을 지니고 태어나 청순하게 자란 사람이었소. 그 아름다운 자태와 재주를 미처 다 뽐내지도 못했는데, 난리 속에서도 정절을 지키다가 결국 왜구의 손에 죽었으니 쑥대발 우거진 골짜기에 홀로 살면서 피는 꽃 밝은 달에 얼마나 슬펐겠소.

우리 어느 날 우연한 인연으로 서로 만나 정을 나누었으니, 비록 우리의 운명은 이승과 저승으로 나뉘어 있지만, 서로의 정은 막을 수 없었소. 함께 평생 살기를 원했는데 이렇게 하룻밤 만에 이별하게 되었구려.

아. 슬프오. 땅은 어두워 돌아볼 수 없고, 하늘은 아득해서 바라보기 힘드오. 이제 그대가 없으니 나는 집 안에서는 멍하니 앉아 있고, 집 밖에서는 어디로 갈지 모르는 눈 뜬 장님이 되고 말았소. 당신의 영혼을 모신 휘장을 바라보면 나도 모르게 얼굴을 가리고 울며, 좋은 술을 마실 때면 마음이 더 슬퍼질 뿐이오. 당신 모습 눈에 아른거리고, 당신의 음성 귀에 쟁쟁하오.

그대여, 당신은 부디 달나라의 선녀가 되시어 밤마다 나를 찾아 주시오. 비록 이승과 저승으로 우리의 몸은 나뉘었지만, 당신께 바치는 나의 글도 당신이 함께 느끼리라 믿소. 부디 편히 쉬시오.

아가씨의 명복을 빌고 집으로 돌아온 뒤에도 그는 슬픔을 이기지 못했다. 한동안 두문불출하던 그는 아가씨가 자신에게 남겨 준 재산을 모두 팔아 돈을 마련해 들고 절로 들어갔다. 그는 절에서 사흘 동안 아가씨의 명복을 비는 제를 또 지냈다. 제가 거의 끝날 무렵인 사흘째 밤, 그리던 아가씨가 갑자기 허공에 나타났다.

"그대여, 나는 당신 덕분에 다른 세상에서 남자로 다시 태어났어요. 당신의 그 깊은 은혜, 결코 잊지 못할 것입니다. 이제 당신도 좋은 일 많이 하셔서 부디 억겁 윤회의 업보에서 벗어나십시오."

그 말을 들은 그는 마음이 비로소 편안해졌다. 그 뒤 그는 다시 결혼하지 않고 지리산에 들어가 약초를 캐며 살았다. 아무도 양 선비의 뒷일을 알 수 없었고, 어디서 삶을 마쳤는지도 전해지지 않는다.

• **윤회(輪廻)** 수레바퀴가 끊임없이 구르는 것과 같이, 인간이 번뇌와 업에 의해 생사의 세계를 그치지 않고 돌고 도는 일.

한국의 귀신

귀신과의 동거?

우리 조상들은 땅에도, 물에도, 부엌에도, 심지어 변소에도 귀신이 있다고 믿었습니다. 귀신은 초인간적인 일들을 하며 살아 있는 사람들과 관계를 맺고 인간사의 길흉을 지배한다고 생각했지요. 그래서 조상들은 평소에도 행동을 조심하고 중요한 일을 시작하기 전에는 제를 지냈습니다. 귀신이라고 하면 무서워서 우선 피하고 싶었을 텐데도 불구하고, 귀신과 좋은 관계를 유지하고자 했던 것이지요. 옛사람들이 집 안에 산다고 믿었던 귀신과 친숙하게 여긴 도깨비를 만나 볼까요?

나는 아궁이와 부뚜막에 사는 불의 신이자 재물의 신이란다. 불이랑 재물이 무슨 관계냐고? 굴뚝에서 나오는 연기로 그 집이 밥을 지어 먹는지 굶는지 판단했기 때문에, 불이 곧 재물을 의미한 것이지. 그러니 너희가 부자가 되고 싶거들랑, 부엌에서 가장 중요한 곳인 부뚜막을 깨끗하게 하고, 새벽 첫 물을 길어 와 부뚜막에 놓도록 해. 그러면 내가 너희 집안의 평화와 안녕을 보장해 주마.

에헴, 에헴, 내가 바로 집 전체를 관장하는 성주신이니라. 내가 사람들에게 처음으로 집 짓는 법을 가르쳐 주었으니, 나를 집 안에서 제일 깨끗한 대청에 모시는 게 당연하지. 무척 조심스럽게 물건을 다루는 모습을 '신줏단지 모시듯 한다.'라고 할 정도이니 내가 어느 정도의 지위인지 짐작하겠지? 하지만 부정하거나 위험한 일이 벌어지면 가차 없이 집을 떠날 것이니, 너희들은 늘 몸가짐을 조심히 해라.

일만 육천삼백칠십이, 일만 육천삼백칠십삼, 일만 육천…… 앗, 깜짝이야! 넌 뭔데 머리카락 세기 놀이를 방해하는 거야? 노크도 모르니? 정말 짜증나네. 내가 변소에 산다고 무시하는 거야? 가만 두지 않겠어. 머리카락 맛 좀 봐라!

조상들은 성주신과 조왕신을 수호신으로 여긴 데 반해 변소에 사는 측신은 매우 신경질적이고 사나운 존재로 보았습니다. 측신은 변소에 쭈그려 앉아 머리카락을 앞으로 길게 늘어뜨려 세는 것으로 무료함을 달랜다고 했지요. 그러다 사람이 기척도 없이 변소에 들어오면 깜짝 놀라서 머리카락으로 사람을 뒤집어씌워 죽인다고 했습니다. 그래서 사람들은 미리 헛기침으로 인기척을 낸 뒤 변소에 들어갔지요.

측신

도깨비는 사람의 손때가 묻은 빗자루나 절굿공이, 부지깽이가 변해서 생긴 것으로 장난과 심술이 심해 사람을 현혹하고 골탕 먹이기도 하지만, 때로는 가난한 사람에게 재물을 가져다주는 등 도움을 주는 이중적인 존재였습니다. 사람처럼 술과 고기, 여자와 씨름을 좋아해서 인간에게 가장 친숙한 귀신이기도 합니다.

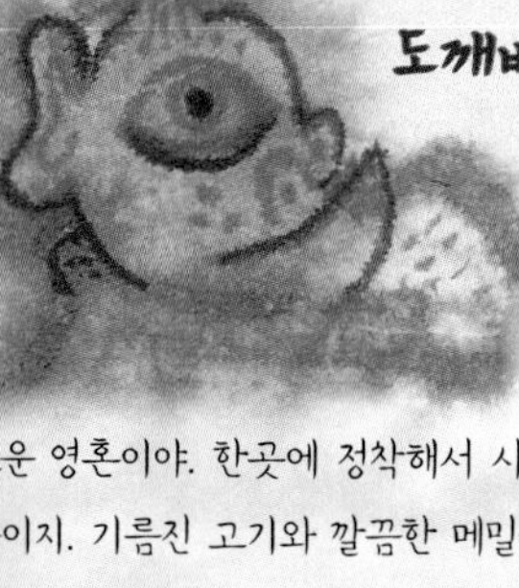

도깨비

난 자유로운 영혼이야. 한곳에 정착해서 사는 건 샌님 같은 짓이지. 나는 달라. 풍류를 안다는 말씀이지. 기름진 고기와 깔끔한 메밀묵을 안주 삼아 술 한잔하니, 캬아~ 좋다! 이게 바로 사는 맛이지. 아차차, 풍류에 여자가 빠질 수 없지. 오늘은 건넛마을 과부 이 씨를 만나러 가 볼까? 힘도 펄펄 넘치는데, 가는 길에 사람을 만나면 씨름이나 한판 붙자고 해야지.

이생규장전

이 선비, 담을 몰래 엿보다

송도 낙타교 옆에는 성이 이씨인 선비가 살고 있었고, 같은 때 선죽리의 최씨 댁에는 참한 규수가 살고 있었다. 이 선비는 나이 열여덟에 용모가 준수하고 재주 또한 뛰어나 어려서부터 국학에 다녔으며, 길을 걸으면서도 시를 외고 책을 읽었다. 최 규수는 나이가 열대여섯쯤 되었는데, 태도가 한 떨기 꽃처럼 아리땁고 수를 곱게 잘 놓았으며 시와 글도 잘 지었다.

두 사람은 서로를 몰랐지만 송도 사람들은 두 선남선녀를 칭찬하며 이런 노래도 지어 불렀다.

풍류로운 이 선비
아리따운 최 규수

두 사람 재주와 얼굴
보고만 있어도 배가 부르네.

최 규수의 집은 낙타교에서 국학으로 가는 길가에 있었다. 그 집 북쪽 담에는 수십 그루의 아름드리 수양버들이 한들거리며 마치 병풍을 친 듯이 둘러서 있었다.

어느 날 이 선비는 국학으로 가는 길에 수양버들 그늘에 앉아 잠시 쉬다가 문득 담 안쪽이 궁금해졌다. 그는 고개를 길게 빼고 담을 넘겨다보았다. 담 안쪽으로는 온갖 꽃이 활짝 피어 있었고, 벌과 나비 들이 꽃 사이를 신이 나서 날아다니고 있었다. 꽃과 나무 들 사이로 아담한 누각이 한 채 자리 잡고 있었고, 누각에는 구슬로 만든 발과 비단 휘장이 드리워 있었다.

"하, 참 곱기도 하다."

이 선비는 자신도 모르게 나직하게 중얼거렸다. 그가 본 것은 다름 아니라 드리워진 발 너머로 다소곳이 앉아 수를 놓고 있는 한 여인의 모습이었다. 이 선비가 훔쳐보고 있는 줄을 알았는지, 최 규수는 수놓던 손을 잠시 멈추고 턱을 괴더니 고운 목소리로 시를 한 편 지어 읊기 시작했다.

- **송도** 오늘날의 개성.
- **국학(國學)** 고려 시대에 젊은이들을 교육시키던 기관. 국자감(國子監) 또는 성균감(成均監). 조선 시대에는 성균관(成均館)으로 바뀌었다.
- **선남선녀(善男善女)** 곱게 단장을 한 남자와 여자를 이르는 말.

창가에 앉아 쉬엄쉬엄 수놓는 날.
꽃밭에서 꾀꼬리 소리 다정도 해라.
살랑이는 봄바람을 원망하며
가만히 바늘 멈추고 시름에 젖네.

길 가던 저 도련님 누구이신지.
푸른 옷 큰 허리띠 버들에 어려.
내 몸이 처마 끝의 봄제비라면
주렴 걷고 담장 너머 날아가련만.

이 선비는 바람결에 하늘하늘 날아드는 최 규수의 시를 듣고 어떻게든 집 안으로 들어가고 싶어 조바심이 났다. 그러나 담은 높고도 가팔랐으며 안채는 깊숙한 곳에 있었으므로 어쩌지 못하고 그냥 국학으로 갈 수밖에 없었다.

대신 그는 공부를 마치고 집으로 돌아가는 길에 자신이 지은 시를 흰 종이에 써서 기와 조각에 매달아 아가씨 집 안으로 던졌다.

"툭."

무언가 누각 앞에 떨어지는 소리를 듣고 최 규수가 밖을 내다보았더니 기왓장 조각에 종이가 묶여 마당에 놓여 있는 게 아닌가. 최 규수가 몸종을 시켜 종이를 주워다 펼쳐 보니, 종이에는 시 한 편이 단아한 글씨체로 적혀 있었다.

무산 열두 봉우리에 첩첩이 안개 끼니
반만 드러난 봉우리 붉은 듯 푸르구나.
나의 외로운 꿈을 그대는 버리지 마오.
우리 둘 구름 되고 비가 되어 양대에서 살고 싶네.

사마상여가 되어 탁문군을 유혹하려니
내 마음에 품은 생각은 이미 정해졌네.
담 머리에 피어난 복숭아꽃 자두 꽃은
바람에 날려서 어디로 가는가.

좋은 인연 되려는가, 나쁜 인연 되려는가.
안타까운 내 마음엔 하루도 너무 길어,
시 한 수를 고이 지어 마음을 전하오니
어느 날에 그대와 나 신선처럼 만나 볼까?

최 규수는 시를 지은 사람이 바로 담 밖에서 자신을 넘겨다보던 사람이며, 그가 곧 이 선비라는 것을 짐작할 수 있었다. 시의 재주나 품격으로 보아 송도에서 이만한 작품을 써낼 사람은 이 선비밖에 없었기 때문이다.

최 규수는 이 선비의 시를 몇 번에 걸쳐 꼼꼼히 읽고 난 뒤, 기쁜 마음으로 짤막한 답장을 적어 담 밖으로 던졌다.

도련님, 저를 믿으신다면 오늘 저녁에 만나지요.

답장을 받은 이 선비도 마음이 흡족해 저녁때를 기약하고 집으로 돌아갔다. 해가 저물고 사방이 어두워지자 그는 남 몰래 최 규수의 집으로 찾아갔다. 담 밖에서 잠시 망설이고 있는데 갑자기 복숭아 나뭇가지 하나가 툭, 담 밖으로 넘어오더니 흔들리기 시작했다.

'대체 이게 뭐지?'

그는 궁금해 하며 나뭇가지에 다가가 살펴보았다. 복숭아 나뭇가지 끝에는 긴 끈에 대바구니가 매달려 있었다.

'아하, 이 끈을 잡고 담을 넘어오라는 말인가 보다.'

그는 끈을 당겨 보았다. 끈의 저쪽 끝이 무엇엔가 단단히 묶여 있는 것 같았다. 당겨도 끈이 팽팽해질 뿐 끊어지지는 않았다. 그는 담 너머에서 온 끈을 잡고 가뿐하게 담을 넘어 들어갔다.

- **무산(巫山)** 중국에 있는 산 이름. 선녀가 살고 있는 신비한 산이라고 알려져 있다.
- **양대(陽臺)** 초나라 양왕이 선녀와 만난 누각. 남녀가 부부가 되어 나누는 사랑을 구름과 비에 비유하여 운우지정(雲雨之情)이라고 한다.
- **사마상여~유혹하려니** 탁문군은 부잣집 딸이었는데, 시집갔다가 과부가 되어 친정에 돌아와 있었다. 마침 한(漢)나라 문장가인 사마상여의 거문고 소리를 듣고 그에게 반해 아버지 몰래 그와 함께 달아났다.

마침 달이 떠올라 이 선비의 그림자가 낮게 뜰에 깔렸다. 어디선가 향긋하고 맑은 향기가 풍겨 왔다. 코를 킁킁거리며 향내를 맡던 이 선비는 문득 자신이 신선이 사는 곳에 들어온 게 아닌가 하는 의심이 들었다. 게다가 첫눈에 마음을 빼앗긴 최 규수의 집에 들어왔다는 생각에 한편으로는 기뻤지만, 다른 한편으로는 허락도 없이 처녀의 집에 들어온 것이 켕겨 머리카락이 쭈뼛쭈뼛 일어서는 것 같았다.

"어서 오십시오."

갑자기 들리는 소리에 놀라 사방을 둘러보니, 누각 근처 정원의 꽃그늘 아래 최 규수가 자리를 펴고 앉아 몸종과 함께 웃으며 이 선비를 기다리고 있었다. 규수의 머리에는 고운 꽃 한 송이가 꽂혀 있었다.

"자, 이리 앉으시지요."

그에게 자리를 권한 뒤, 최 규수는 주저하는 기색도 없이 웃으며 시 한 구절을 지어 낭송했다.

복숭아꽃 자두 꽃은 가지마다 탐스럽고
원앙 수놓은 베갯머리에 달빛도 고와라.

시의 뒷부분을 이어서 지어 보라는 뜻이었다. 그는 얼른 최 규수의 시에 덧붙여 뒷부분을 완성했다.

이다음 어느 날 봄소식을 남이 알면
무정한 비바람 앞에 가련해지리라.

그가 지은 뒷부분을 들은 최 규수는 얼굴빛을 바꾸며 말했다.

"제가 무례하게 당신을 모신 것은, 당신을 남편으로 맞아 영원히 사랑하며 살고 싶어서였습니다. 그런데 당신은 저와의 만남이 기쁘지 않으신가요? 저는 비록 여자의 몸이지만, 제가 정한 마음을 두고 망설임이 없는데, 당신은 사내대장부이면서 왜 그리 나약한 마음을 먹고 계십니까? 나중에 우리 일이 들통 나 부모님께 꾸지람을 듣더라도 제가 혼자 책임을 지겠습니다. 향아야, 너는 어서 가서 술상을 차려 오너라."

최 규수는 몸종 향아에게 이르고 나서 입을 다물었다. 몸종이 사라지자 사방이 쥐 죽은 듯 조용했다. 이 선비는 최 규수의 말을 듣고 잠시 무안하여 더 좋은 대구를 짓지 못한 것을 후회하다가 이내 마음을 돌려 입을 열었다.

"여기는 어디입니까?"

"우리 집 뒷동산의 작은 누각입니다. 부모님께서 무남독녀 외동딸인 저를 위해 특별히 연못가에 이 누각을 지어 주셨지요. 몸종인 향아와 함께 봄날을 마음껏 즐기라는 부모님의 속 깊은 배려로 여기 거처하고 있는 것이랍니다. 부모님이 계신 곳은 멀리 떨어져 있으니 아무리 큰 소리로 웃고 떠들어도 들리지 않을 것입니다."

최 규수는 이 선비의 근심을 없애 주려는 듯 야무진 말투로 대답했다. 얼마 뒤, 향아가 술상을 들고 와 두 사람 앞에 놓고 조용히 사라졌다. 최 규수는 술을 따라 권하며 새롭게 시를 한 수 지어 낭송했다.

난간에 기대 연꽃 바라보는데
어디선가 연인들 속삭이는 소리 들리네.
안개 자욱하고 봄빛 깊은 날
우리 입 맞춰 부르는 사랑 노래
달빛 그윽한 꽃그늘에 앉아
나뭇가지 툭 치니 꽃비 내리네.
때마침 바람 불어 향기 옷깃에 스미고
내 마음도 봄처럼 흥겹게 춤을 추네.
비단 적삼 자락이 해당화에 스치자
꽃 사이에 졸던 앵무새 잠 깨어 날아가네.

시를 듣고 마음을 가다듬은 이 선비도 얼른 시 한 편을 지어 최 규수의 시에 화답했다.

꿈결에 찾아든 무릉도원에 복숭아꽃 한창이니
하 많은 이내 마음 말로 어찌 다 하리오.
구름처럼 쪽진 머리, 낮게 꽂은 금비녀
고운 봄 적삼은 모시 베로 지었구나.
나란히 맺은 꽃가지를 봄바람이 꺾으려나.
많고 많은 꽃가지인데 비바람아 불지 마라.
옷자락 나부끼고 그림자도 하늘거리며
계수나무 숲 속에서 선녀가 춤을 추네.
기쁨 뒤에는 시름이 따르는 법이니
함부로 노래를 지어 앵무새에게 가르치지는 마오.

시에 담긴 진중한 마음을 느낀 최 규수가 비로소 믿음을 얻은 듯 술상을 물리고 이 선비에게 말했다.

"우리가 이렇게 만난 것이 결코 사소한 인연은 아닐 것입니다. 이렇게 서로 사랑을 약속했으니, 오늘 밤 우리 두 사람 깊은 정을 맺는 것이 어떨까요?"

최 규수의 말투는 자못 당당하면서도 생기가 가득했다. 그는 최 규수의 거침없는 태도에 절로 마음이 이끌렸다. 이 선비가 고개를 끄덕이자, 최 규수는 그의 손을 잡고 누각으로 올라갔다.

누각의 계단을 딛고 올라서자 다락이 나왔다. 그곳에는 붓과 벼루, 책상이 깨끗하게 정리되어 있었으며 한쪽 벽에는 그림 두 점이 걸려 있었다. 안개 자욱한 강과 첩첩 산봉우리들을 그린 것 한 점과 어울려 솟아난 대나무와 고목을 그린 것 한 점이었는데, 모두 이름난 그림이었다. 두 그림에는 각각 시가 한 편씩 적혀 있었는데, 누구의 시인지는 알 수가 없었다.

이 선비는 먼저 첫 번째 그림에 적힌 시를 찬찬히 읽었다.

붓 자락에 힘 넘치는 그 어떤 이,
강물 속에 첩첩 산을 그렸네.
웅장해라, 삼만 길 저 방호산
구름 속 아득하게 아른거리네.
이어진 산줄기 수백 리나 되고
눈앞에 솟은 봉우리는 기묘하구나.

푸른 물결 저 멀리 하늘에 닿고
저녁노을 바라보니 고향이 그리워.
이 그림을 보노라니 마음이 쓸쓸해져
소상강 비바람에 배 띄운 듯하구나.

그는 눈길을 돌려 두 번째 그림에 적힌 시를 또 읽어 내려갔다.

대숲에는 쓸쓸한 가을바람이 일고
비스듬히 누운 고목에는 옛 정취 그윽도 해라.
늙은 밑동에는 가득한 이끼
곧은 가지에는 세월의 바람.
마음속 가득한 온갖 생각을
누구에게 털어놓고 풀어 보리오.
이름난 화가들이 이미 죽어 스러졌는데
신묘한 경지를 누가 그려 내려나.
갠 창가에서 그윽이 마주 대하니
신들린 듯 붓 간 자리가 못내 아름다워라.

- **방호산**(方壺山) 신선이 산다는 동해 바닷속의 산 이름.
- **소상강**(瀟湘江) 순임금이 죽자 두 부인인 아황과 여영이 슬픔을 못 이겨 몸을 던져 죽은 강. 소상강에 내리는 비는 두 부인의 눈물이라고 한다.

맞은편 벽에는 사계절의 경치를 읊은 네 편의 시가 큰 글씨로 적혀 있었다. 누구의 작품인지 알 수는 없지만, 글씨체는 송설체여서 아름답고 품격이 있었다. 그는 천천히 봄을 읊은 시부터 감상하기 시작했다.

부용 꽃 향기 은은하게 퍼지더니
창밖으로 비처럼 살구꽃 날리네.
새벽 종소리에 잠에서 깨니
개똥지빠귀 울음소리 백목련 그늘에서 들리네.

긴 하루 짧다며 처마 끝에 제비 바삐 날고
세상일 귀찮아라, 바느질 멈추고 바라보니,
쌍쌍이 춤추며 날아다니는 저것들은
지는 꽃잎인가, 흩날리는 나비인가.

살랑살랑 봄바람 치마폭을 스치니
덧없어라 봄 하루, 애끓는 이내 간장.
말 없는 내 마음을 그 누가 알아주랴.
점점이 핀 꽃송이 속 원앙새만 춤을 추네.

봄빛 한가득 세상에 피어나고
붉은 듯, 푸른 숲 그림자 창가에 어른대네.
뜰 가득 꽃향기 봄에 겨워 피었는데
주렴을 살짝 걷고 지는 꽃만 바라보네.

그는 두 번째 시로 시선을 옮겼다. 그 시는 여름을 읊은 것이었다.

밀 이삭 패는 시절, 제비 빗겨 날고
정원의 석류꽃 여기저기 피어나네.
창가에 앉아 길쌈하는 저 아가씨
비단을 잘라 내 치마를 짓고 있네.

매화 열매 익어 가고 가랑비 내리는데
꾀꼬리 슬피 울고 제비 총총 날아든다.
올봄 경치도 여름으로 넘어간다,
나리꽃 진 자리에 죽순 다시 돋아나니.

푸른 살구 주워다가 꾀꼬리와 장난할까.
난간에 바람 불고 해 그림자 늘이는 날
연꽃 향기 잦아들고 연못 물만 그득한데,
푸른 물결 깊은 곳에 가마우지만 들락날락.

대나무 평상 위에 일렁이는 물결무늬
소상강 그린 병풍도 한 조각 구름 같네.
고달픈 이내 심사, 선잠을 깨어 보니
창 너머 지는 해는 서산에 뉘엿뉘엿.

• **송설체(松雪體)** 중국 원나라의 서예가인 조맹부의 서체.

세 번째 시는 가을을 노래한 작품이었다.

가을바람 불어 이슬 맺히더니
달빛 아래 푸른 물결 이네.
기러기 슬피 울며 어디로 가나?
가을 뜰에 덧없이 오동잎만 지네.

평상 아래 풀벌레 울고
평상 위에는 눈물짓는 여인.
멀고 먼 전쟁터에 계실 임이여.
오늘 밤 그곳에도 저 달빛 지리.

새 옷 만들려니 가위가 차네.
아이 불러 다리미 가져왔지만,
다리미엔 불기운 하나도 없어
가야금 튕기며 한숨만 짓네.

연꽃 다 지고 파초 잎도 누런데
원앙 무늬 기와는 서리에 젖고,
묵은 근심 새 번뇌 막을 수 없어
빈 방에 귀뚜라미 소리만 밤을 지키네.

쓸쓸한 가을 풍경을 노래한 시를 읽으니 마음까지 처연해지는 느낌이 들었다. 이 선비는 마지막으로 겨울을 노래한 네 번째 시로 눈길을 주었다.

매화나무 한 가지 창가에 걸리고
바람 스치는 마루엔 달빛이 곱네.
불 꺼진 화로를 뒤적이다가
아이 불러 차 주전자를 다시 얹는 날.

서리에 놀란 잎들 우수수 울고
문밖엔 회오리바람에 쌓인 눈발들.
임 그리운 꿈결은 밤새 뒤척여
서늘한 서릿발로 헤매 다닐 뿐.

창가의 햇살 봄이런가 했는데
시름에 잠긴 몸 가누지를 못하고
꽃병 속 매화는 반도 채 못 피었으니
말없이 원앙새만 수놓은 이 마음.

겨울바람이 북쪽 숲을 헤치고
찬 까마귀 울고 가는 적막한 달밤
가물대는 등잔불에 실을 꿰다가
임 그리워 흐르는 눈물 바늘귀에 지네.

다락 곁에는 작은 방이 붙어 있었다. 최 규수는 시를 읽느라 잠시 넋을 잃고 있던 이 선비의 손을 살며시 끌어 그 방으로 안내했다. 방 안에는 휘장이며 요, 이불, 베개가 갖춰져 있었는데, 역시 깔끔하기 그지없었다. 은은한 향내도 방 안 가득 배어 있었으며, 대낮같이 환하게 촛불이 켜져 있었다. 이 선비와 최 규수는 그 방에서 사랑을 나누며 즐거운 하룻밤을 보냈다.

낮에는 시와 노래를 주고받고 밤에는 함께 잠자리에 드는 꿈결 같은 나날들이 이어졌다. 두 사람은 아주 오랫동안 사귀어 온 듯 서로에게 친근해졌다.

며칠 뒤, 이 선비가 최 규수에게 말했다.

"일찍이 공자님께서는 '부모님과 함께 사는 자식은 집 밖으로 나갈 때 반드시 가는 곳을 알려 드려야 한다.'고 말씀하셨습니다. 제가 집을 나온 지 벌써 사흘이 되었군요. 우리 부모님께서는 지금쯤 저를 찾느라 큰 걱정을 하고 계실 겁니다. 마을 어귀에 나와 이제나저제나 저를 기다리고 계실지도 모릅니다. 제가 자식으로서 씻을 수 없는 불효를 저지르고 있는 게 아닌지 모르겠습니다."

최 규수는 그의 말에 한편으로는 섭섭한 마음이 들었다. 하지만 막을 수는 없었다.

"그렇군요. 그럼 도련님은 이제 집으로 돌아가시지요. 그렇지만 자주 저를 찾아와 주실 수는 있겠지요?"

최 규수의 말에 그는 고개를 끄덕여 약속을 하고, 담을 넘어 집으로 돌아갔다. 하지만 그 뒤로도 이 선비는 이틀이 멀다 하고 최 규수의 집을 찾아가 시간을 보냈다.

어느 날 저녁이었다. 이 선비의 이상한 행동을 눈치채고 지켜보던 이 선비의 아버지는 아들이 좀처럼 마음을 잡을 기미가 보이지 않자 결국 불러다 크게 꾸짖었다.

"네가 국학에 나가 공부를 하는 것은 옛 성현의 말씀을 배우기 위해서가 아니냐? 그런데 요사이 너는 저녁에 나가 새벽에 돌아온다고 하니 어찌 된 일이냐? 분명 좋지 않은 일에 빠져 남의 집 담이나 넘어 처녀를 찾아다니는 것이리라.

만약 이런 일이 세상에 알려진다면 사람들은 내게 자식 교육을 잘못 시켰다고 손가락질할 것이다. 또 그 처녀 집안도 너로 인해 가문에 먹칠을 하게 될 것이다. 아무래도 너를 그냥 두었다가는 큰일이 닥치겠다. 내일 당장 영남으로 가서 농사 감독 노릇이나 해라. 정신을 차리기 전에는 송도에 얼씬하지 마라."

아버지는 불같이 화를 내며 이 선비를 울주로 내려보냈다. 그는 사랑하는 최 규수에게 작별의 말도 못한 채 송도를 떠날 수밖에 없었다. 그런 사정을 전혀 모르는 최 규수는 저녁마다 뜰에 나와 이 선비를 기다렸다.

그렇게 두 달을 기다렸지만, 여전히 그는 찾아오지 않았다. 기다리다 지친 최 규수는 향아에게 어찌 된 영문인지 알아보도록 했다. 향아

• 울주 지금의 울산 근처.

가 이 선비의 이웃에게 묻자, 사람들은 어이없어 하며 말했다.

"이 선비는 아버지에게 혼이 나서 영남으로 내려간 지 벌써 두어 달이 지났다오."

그의 소식을 전해 들은 최 규수는 깜짝 놀라고 실망하여 풀썩 땅에 주저앉고 말았다.

'아, 당신은 나를 영영 잊어버렸나요?'

마음이 상할 대로 상한 최 규수는 결국 속병이 나 앓아눕고 말았다. 사랑하는 사람을 볼 수 없다는 생각에 점점 병이 깊어진 최 규수는 음식도 제대로 먹지 못하고 말까지 더듬거렸으며, 얼굴빛은 백지장처럼 하얘졌다.

최 규수의 부모는 딸의 병에 놀라 의원을 불러오고, 원인을 찾으려 온갖 노력을 해 봤지만, 마음의 병이라 좀처럼 치료할 수가 없었다. 애만 태우던 부모는 어느 날, 딸의 방을 정리하다가 그녀가 아끼던 상자 속에서 딸과 이 선비가 주고받은 시를 발견했다. 시를 읽고 난 뒤 비로소 딸이 병난 까닭을 안 부모는 무릎을 치며 탄식했다.

"하마터면 다 키운 딸을 잃을 뻔했구나."

부모는 딸의 방에 찾아가 다정한 목소리로 위로하며 물었다.

"이 선비란 사람이 누구냐?"

최 규수도 더 이상 숨기고만 있을 수 없다는 생각이 들어 마침내 기운을 차리고 자초지종을 설명했다.

"낳아 주시고 길러 주신 부모님께 제가 어떻게 거짓말을 할 수 있겠어요. 저는 평소 남녀가 만나 서로 사랑하는 것이야말로 세상에서 무엇보다도 소중한 일이라고 생각했습니다. 그래서 《시경》에도 혼기를 놓쳐서는 안 된다는 말이 있는 것일 테고요. 여자가 정조를 지키지 못하는 것은 올바르지 않다는 것을 알면서도 제가 천성이 여려서 그만 이런 짓을 저질렀으니 부모님 뵐 면목이 없습니다.

허락도 없이 외간 남자와 부부의 인연을 맺었으니 부모님께 죄를 짓고 가문에 수치가 되고 말았습니다. 그런데 제가 이 선비와 사랑을 나누고 난 뒤 오히려 원망이 많이 늘었습니다. 가녀린 여자의 몸으로 괴로움을 참고 견디다 보니 마음의 상처가 점점 깊어져 죽어 귀신이 될 것만 같습니다.

저는 선비님과 백년해로를 하고 싶습니다. 제발 저의 부탁을 들어주십시오. 다른 집안에는 결단코 시집가지 않겠습니다. 아니면 차라리 죽어 저승에서 다시 제 정인을 만나 함께 살겠습니다."

딸의 결심이 굳고 단단하다는 것을 안 부모는 더 이상 병의 차도에 대해 근심하지 않았다. 다만 딸의 마음을 달래 주며 한편으로는 딸과 이 선비를 맺어 주기 위해 온갖 방도를 찾기 시작했다.

우선 중매쟁이에게 부탁해 예의를 갖춰 이 선비의 집에 청혼을 했다. 그러나 이 선비의 아버지는 정중하게 거절의 말을 전해 왔다.

"제 아들 녀석이 비록 어린 나이에 정분이 나긴 했지만, 학식도 제법이고 용모도 단정합니다. 공부를 더 한다면 높은 벼슬자리에 오를 수도 있고, 세상에 이름을 떨칠 수도 있을 테니, 지금은 혼인보다는 공부를 더 시키는 것이 낫겠습니다."

중매쟁이를 통해 이 선비 부모의 뜻을 듣고 난 최 규수의 아버지는 더욱 마음이 급해져 다시 정중히 청혼을 했다.

"다른 사람들도 아드님의 뛰어난 학식과 재주를 칭찬하고 있음을 잘 압니다. 아직 벼슬길에 나서지는 못했지만, 머지않아 높은 자리에 오르겠지요. 하지만 제 딸도 인물이나 재주가 그리 뒤지지는 않으니 서로 혼인하도록 허락해 주시는 것이 어떨까요?"

중매쟁이를 통해 최 규수 아버지의 말을 들은 이 선비의 아버지가 다시 말을 전해 왔다.

"나는 어려서부터 글도 제법 읽고 공부도 열심히 했지만 아직 성공하지는 못했습니다. 그래서 집안 종들도 다 흩어지고 친척들 도움도 없어 생활이 넉넉지도 못합니다. 이런 처지인데 권세 높은 최씨 가문에서 어찌 제 아들 녀석을 사위로 삼고자 하십니까? 혹 남들이 우리 집안을 지나치게 부풀려 말한 것에 속고 계신 것은 아니신지요?"

중매쟁이가 또 최 규수의 아버지에게 말을 전했다. 이제 반승낙은 된 것이라 생각한 최 규수의 아버지는 기뻐하며 다시 자신의 생각을 전했다.

"결혼 예물이나 절차 따위는 저희 집안에서 알아서 다 처리하겠습니다. 그저 좋은 날을 잡아 혼례만 올릴 수 있게 해 주십시오."

몇 차례 중매쟁이를 통해 최씨 집안의 정성을 알게 된 이 선비의 아버지는 마음을 바꾸고 아들을 불러다가 물었다.

"너 정말로 최씨 댁 처녀와 부부의 연을 맺겠느냐?"

"물론입니다, 아버지. 평생 서로 아끼며 살겠습니다."

아들의 뜻을 안 아버지는 마침내 두 사람의 결혼을 허락했고 이 선비는 너무 기뻐 어쩔 줄 몰라 하며 시 한 편을 지어 최 규수에게 보냈다.

거울처럼 깨진 우리 다시 합치는 오늘
은하수 까막까치도 우리 사랑 이어 주네.
월하노인 우리를 붉은 실로 맺어 주니
봄바람 부는 오늘 두견새 울음도 정겨워라.

최 규수도 소식을 듣고 기뻐 병이 씻은 듯이 나았다. 자리에서 일어난 최 규수는 먹을 갈고 붓을 들어 답시를 적어 그에게 보냈다.

나쁜 인연 바뀌어 좋은 인연 되었네.
우리 굳은 사랑 이루어지는 오늘
그대여, 우리 함께 수레 끌고 갈 곳 있으니
나를 일으켜 주세요. 꽃 비녀를 꽂으렵니다.

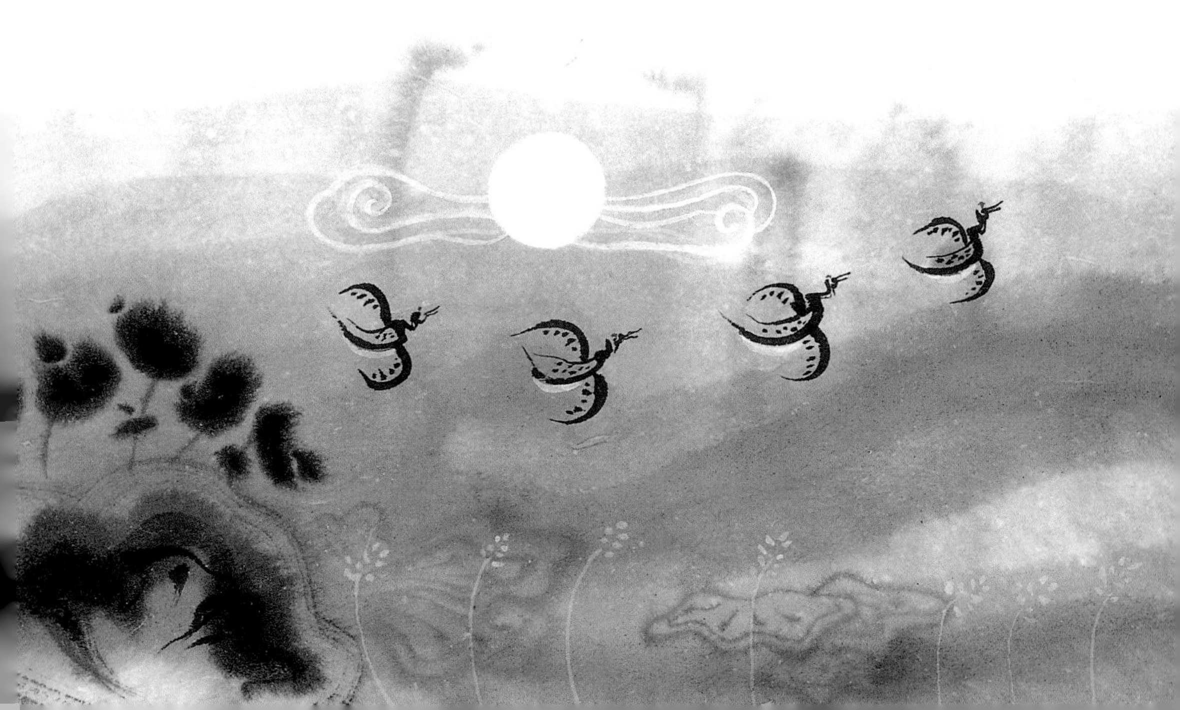

두 집안에서 몇 차례 더 의논이 오간 뒤, 드디어 좋은 날을 받아 두 사람은 혼례를 치렀다. 우여곡절을 겪은 사랑이 마침내 이루어진 것이다. 부부가 된 후, 두 사람은 서로 사랑하고 공경하며 살았다. 마치 오랜 세월 사람들에게 칭송받는 고사 속의 부부들처럼 정조와 의리를 소중히 여겨 양홍과 맹광이나 포선과 환소군이 환생한 것 같았다. 이 선비는 결혼한 이듬해 과거에 급제하여 높은 벼슬자리에 올랐다.

그로부터 오랜 세월이 흘렀다. 고려 공민왕 10년인 신축년에 홍건적이 송도로 쳐들어왔다. 임금은 복주로 피난을 가고 나라는 온통 전쟁에 휩싸였다. 홍건적은 집을 태우고, 가축을 잡아먹고, 사람을 죽이는 등 만행을 저질렀다. 홍건적을 피해 뿔뿔이 흩어진 사람들은 겨우 제 한목숨 부지하기도 벅찼다.

이 선비네 가족들도 깊은 산골로 숨어 들어갔다. 그런데 갑자기 홍건적 한 명이 칼을 뽑아 들고 쫓아와 그의 가족들을 죽이려 했다. 천신만고 끝에 이 선비는 무사히 도망쳐 목숨을 건졌지만, 그의 아내는 홍건적에게 사로잡히고 말았다. 홍건적은 최씨 부인을 겁탈하려고 덤벼들었다. 그러나 최씨 부인은 조금도 굴하지 않고 홍건적을 향해 큰 소리를 질렀다.

- **양홍(梁鴻)과 맹광(孟光)** 후한(後漢) 때의 금슬 좋은 부부.
- **포선(鮑宣)과 환소군(桓少君)** 전한(前漢) 때의 금슬 좋은 부부.
- **홍건적(紅巾賊)** 중국 원나라 말기에, 하북(河北)에서 활동하던 도둑의 무리. 머리에 붉은 수건을 썼다 해서 이렇게 불렸으며 고려를 두 차례 침범했다.
- **복주(福州)** 지금의 경북 안동.

"네 이놈, 이 짐승만도 못한 도적놈아. 차라리 나를 씹어 먹어라. 내 차라리 승냥이의 먹잇감이 될지언정 개, 돼지 같은 너희 놈들에게 몸을 더럽힐 순 없다."

그 말을 듣고 화가 난 홍건적은 칼을 휘둘러 최씨 부인을 죽이고 살을 도려냈다. 아내의 죽음도 알지 못한 채, 이 선비는 들판의 풀숲에 숨어 겨우 목숨을 부지했다.

얼마 후, 홍건적이 물러갔다는 소식을 들은 이 선비는 우선 부모님이 살던 옛집에 찾아갔다. 그러나 집은 홍건적의 약탈로 다 타 버리고 검게 그은 기둥들만 겨우 서 있을 뿐이었다. 그는 발길을 돌려 자기 집을 찾아갔다.

혹 아내의 소식이 있을까 궁금해 하며 들어선 마당에는 풀만 무성했다. 행랑채는 부서지고, 인적이 없는 집 안은 쥐들로 들끓었다. 그는 슬픔에 겨워 집 뒤 작은 누각에 올라가 눈물을 흘리며 한숨을 내쉬었다.

'아, 이제 당신은 이승 사람이 아닌가 보오. 살아만 있다면 어떻게 해서든 이 집으로 돌아왔을 텐데. 무슨 운명이 이리도 가혹하단 말인가?'

이 선비는 자신의 신세를 한탄하며 날이 저물도록 누각에 앉아 탄식했다. 아내와의 즐거웠던 때를 생각하면 할수록 눈물이 하염없이 흘러내렸다.

사방이 캄캄하게 어두워질 무렵이었다. 대들보에 희미한 달빛이 비치고 있었는데, 어디선가 가는 발자국 소리가 들려오기 시작했다. 그

소리는 먼 곳에서부터 점점 그가 있는 곳 쪽으로 다가왔다.

이 선비는 눈을 크게 뜨고 소리 나는 쪽을 바라보았다. 어둠 속에서 어렴풋이 사람의 모습이 나타났다. 자세히 보니, 그 사람은 그토록 찾아 헤매던 자신의 아내가 아닌가.

이 선비는 반가운 마음에 얼른 달려갔다. 그러나 자세히 보니, 아내는 아내였지만 어딘가 산 사람과는 다른 기운이 느껴졌다. 하지만 너무나 그리워하던 아내를 만나게 된 이 선비에게는 이승 사람이든 저승 사람이든 그까짓 것 문제가 되지 않았다. 그는 반가운 마음을 숨기지 않고 아내에게 물었다.

"당신이오? 얼마나 고생이 많았소? 대체 그동안 어디에 있었던 거요?"

아내는 그를 바라보며 한동안 통곡한 뒤 흐느끼며 입을 열었다.

"저는 양가집에서 태어나 어려서부터 부모님께 여러 가르침을 받으며 자랐습니다. 수놓기와 바느질도 배우고, 시와 글, 예법도 배웠습니다. 하지만 겨우 집 안에서 지켜야 할 도리와 법도만 알았을 뿐이지요. 언젠가 당신이 살구꽃 핀 우리 집 담 안을 엿보신 후, 저는 당신을 사랑하게 되었지요. 그렇게 우리 둘은 평생을 사랑하며 살기로 약속했습니다. 저는 우리 사랑이 백 년도 더 이어질 것이라고 믿었습니다.

그런데 갑자기 이런 재난을 당해 죽게 될 줄은 꿈에도 생각하지 못했습니다. 끝까지 몸을 지켜 승냥이 같은 홍건적 놈들에게 정절을 잃지는 않았지만, 그만 이렇게 죽은 목숨이 되고 말았습니다. 당신과 헤어진 후 저는 짝 잃은 새와 같은 신세였습니다. 집은 없어지고 부모님은 돌아가시고 지친 제 영혼을 기댈 데조차 없었습니다. 의리는 중하고 목숨은 가벼운 처지에, 그저 치욕을 면한 것만도 다행이었지요.

하지만 누가 갈가리 찢긴 제 마음을 불쌍하게 여기겠습니까? 끊어지고 썩은 창자에 맺힌 한탄만 가득할 뿐입니다. 해골은 들판에 나뒹굴고, 간과 쓸개는 땅에 묻혔습니다.

돌아보면 지난날 당신과의 즐거움이 이런 슬픈 운명을 불러온 것인지도 모릅니다. 한스러운 일이지만, 당신을 못 잊어 이렇게 죽은 몸이나마 다시 이승으로 돌아왔습니다.

당신과 저는 삼생의 인연으로 맺어졌으니, 이렇게라도 만나 다시 정을 나누고 살면 어떻겠습니까? 당신이 지금 저의 처지를 이해해 주신다면, 할 수 있는 날까지 당신을 사랑하며 살고 싶습니다."

아내의 말에 그는 뛸 듯이 기뻤다.

"당신의 말이 바로 내가 원하던 그대로요. 이승과 저승으로 나뉜 몸이 무슨 문제요. 이렇게 사랑하는 당신을 다시 만날 수 있는데 말이오."

두 사람은 이런저런 이야기를 나누며 앞으로 살아갈 일들을 설계했다. 한동안 이야기를 나누던 아내가 그를 바라보며 갑자기 목소리를

* **삼생**(三生) 전생(前生), 현생(現生), 내생(來生)인 과거, 현재, 미래를 통틀어 이르는 말.

낮췄다.

"우리가 가지고 있던 패물과 문서 등은 제가 산속에 잘 묻어 두었습니다. 부모님의 시신도 우선 골짜기에 모셔 두었으니 내일 날이 밝는 대로 함께 가 보는 게 좋겠습니다."

그는 아내의 주의 깊은 행동에 다시 한 번 감탄하며 대답했다.

"정말 고생 많았소. 당신한테 면목이 없구려."

두 사람은 서로의 속마음을 털어놓고 이야기를 나누다 잠자리에 들었다. 오랜만에 만난 두 사람은 그날 밤 깊은 사랑을 나누었다. 몸은 비록 이승과 저승으로 나뉘었지만, 잠자리의 즐거움은 예전과 전혀 다르지 않았다.

다음 날, 두 사람은 감춰 놓은 재물을 찾아내고, 부모님의 시신도 잘 수습하여 장례를 치렀다. 그 뒤 이 선비는 벼슬자리에 나가지 않고 아내와 행복하게 살았다.

난리 통에 흩어졌던 하인들도 돌아오면서 집안이 제법 번성했다. 그러나 그의 아내가 귀신이라는 것은 아무도 몰랐다. 이 선비는 집 밖의 일에는 하나도 참견하지 않았고, 집안의 대소사에도 전혀 찾아가지 않았다. 늘 아내와 함께 시를 지어 주고받으며 행복한 세월을 보냈다.

그렇게 몇 년이 흘렀다. 어느 날 저녁, 아내가 남편에게 말했다.

"우리는 세 번 혼인을 했으니 참 깊은 인연이지요. 하지만 세상일이 어디 뜻대로만 되겠어요? 이제 우리의 즐거움도 끝낼 때가 되었군요."

아내의 갑작스러운 말에 그는 깜짝 놀랐다.

"그게 무슨 말이오?"

아내는 그의 얼굴을 지그시 바라보며 입을 열었다.

“이제는 제가 저승으로 갈 때가 되었습니다. 그동안 당신과 나의 인연의 끈이 완전히 끊이지 않았음을 알고, 천제께서 함께 살 수 있게 해 주신 것이지요. 덕분에 잠시나마 당신을 만나 한을 풀 수 있었습니다. 하지만 저는 죽은 몸이라 인간 세상에 오래 머물며 산 사람과 정을 나눌 수는 없습니다.”

아내의 말에 이 선비는 울음을 터트리고 말았다. 최씨 부인은 술을 가득 따라 이 선비에게 권한 뒤 〈옥루춘곡(玉樓春曲)〉에 맞춰 노래를 지어 불렀다.

도적 떼 쳐들어온 참혹한 전쟁터에서
나 그대와 헤어졌지.
풀숲에 흩어진 해골 누가 묻어 줄까?
피 묻은 넋은 말조차 잊었는데.

무산의 선녀가 세상에 내려오니
깨진 거울처럼 마음만 아프구나.
헤어질 우리 마음은 아득하고
저승과 이승 멀어 소식조차 못 전하리.

최씨 부인은 노래를 부르며 눈물을 떨구느라 곡을 제대로 이어 갈 수가 없었다. 이 선비도 슬픔을 참을 수가 없어 울먹이며 말했다.

“나도 당신과 함께 죽어 저승으로 가겠소. 당신 없이 어떻게 남은 인생을 살란 말이오. 지난 번 난리 통에 집안이 풍비박산되었을 때, 당신을 다시 보겠다는 의지가 아니었다면 내가 어떻게 삶을 지탱할 수가 있었겠소.

당신은 부모님의 시신을 수습하고 극진히 장례까지 지내지 않았소? 당신의 천성이 순수하고 효성스러워 그런 일을 모두 할 수 있었던 거요. 그런 당신이 왜 이리 저승길을 서두른단 말이오. 제발 나와 함께 여기서 백년해로하고 나중에 같이 저승으로 갑시다."

그의 말에 아내가 슬픔에 가득한 표정으로 고개를 가로저었다.

"아닙니다. 당신의 목숨은 아직 많이 남아 있습니다. 저는 이미 저승의 명부에 이름이 적혀 있어 이승에 오래 머물 수 없습니다. 인간세상에 미련을 두어 계속 머문다면 저승의 법도를 위반하게 됩니다. 그러면 저뿐만이 아니라 당신에게도 재앙이 미칠 것입니다.

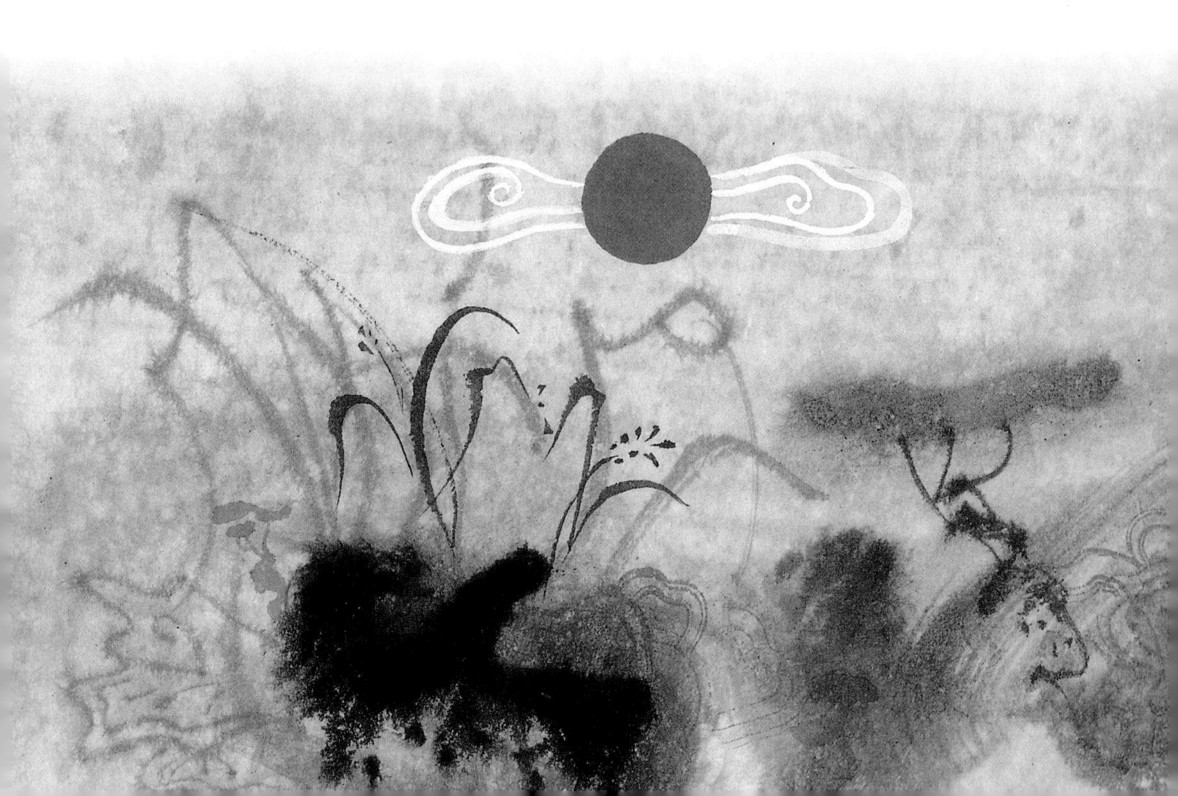

제가 떠난 후, 그저 여기저기 흩어진 제 유골들을 수습해 비바람이나 피하게 해 주십시오."

이 선비와 아내는 서로 마주 보고 하염없이 눈물을 흘렸다. 잠시 후 아내가 흐느끼며 입을 열었다.

"서방님, 부디 안녕히 계십시오. 당신과 만나 함께한 세월은 저세상에 가서도 결코 잊을 수 없을 겁니다."

말을 마친 아내는 점점 사라져 마침내 흔적조차 남지 않았다.

이 선비는 아내의 말대로 골짜기를 뒤져 아내의 해골을 수습해 부모님 곁에 잘 묻어 주었다. 그 뒤 이 선비는 아내를 생각하는 마음이 더욱 깊어져 결국 병을 얻고 말았다. 병이 난 지 몇 달 만에 이 선비도 세상을 떠났다. 이 이야기를 들은 세상 사람들은 슬퍼하며 두 사람의 아름다운 사랑을 두고두고 되새겼다.

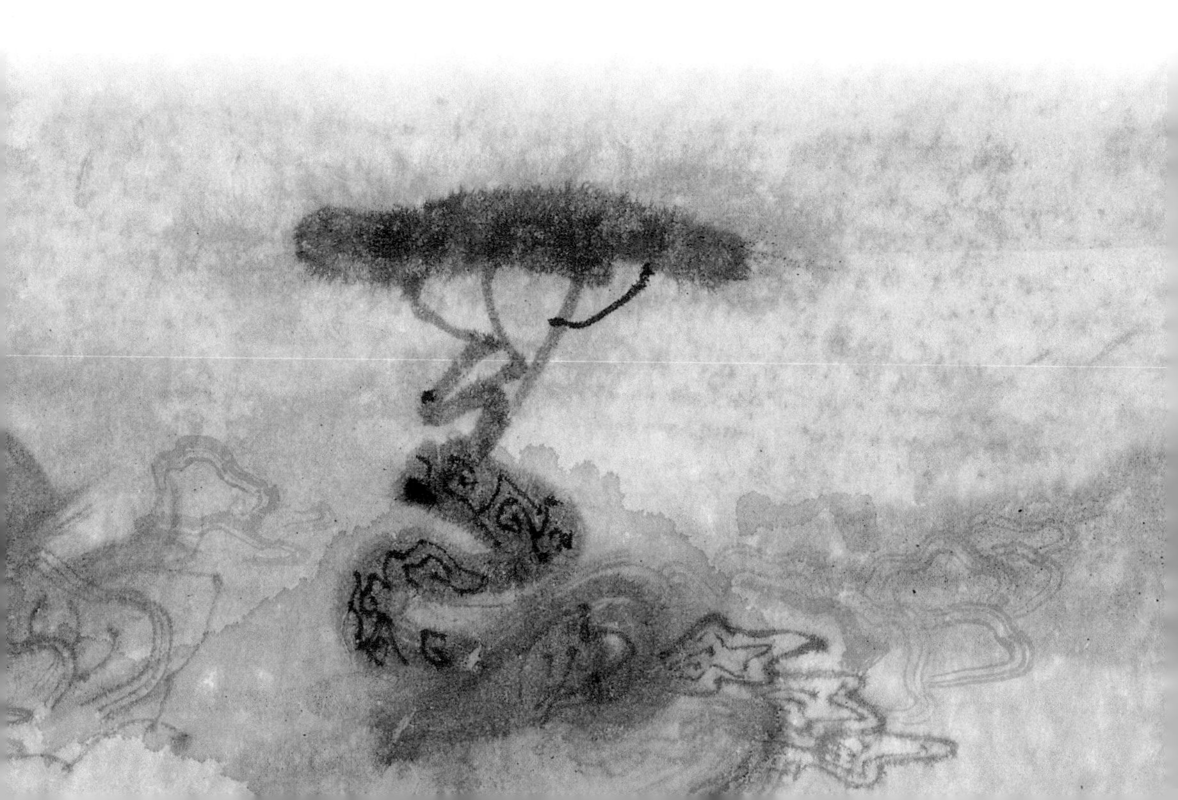

여자와 귀신은 한 통속?

왜 귀신은 늘 여자일까?

남자들은 "여자의 마음은 정말 알 수가 없어."라는 말을 곧잘 합니다. 여자가 미처 예상하지 못한 행동을 하거나 남자와는 전혀 다른 반응을 보일 때, 이해하기 어려운 존재라고 느끼는 것이지요. 이런 이유로 남자가 여자에게 매력을 느끼기도 하지만 한편으로는 두려움을 느끼기도 한답니다. 옛이야기 속에 등장하는 귀신들 중 유독 여자가 많은 이유도 이와 통합니다. 여자를 둔갑한 여우로 보거나 남성을 죽음에 이르게 하는 귀신으로 설정한 것 안에는 여자를 남자와 다른 존재로 보는 공통적인 시선이 깃들어 있습니다. 특히 옛날에는 남자와 여자가 동등한 입장에서 만나 서로를 알아 갈 수 있는 기회가 적었고, 여자가 독립된 인간으로서 자신의 목소리를 내기 어려웠기 때문에 이런 오해가 커진 게 아닐까요?

아름다운 외모로 남성을 홀리는 구미호

여성을 기이하게 바라보는 것은 구미호 이야기에서 쉽게 확인할 수 있어요. 꼬리가 아홉 달린 여우라는 뜻의 구미호는 빼어난 아름다움으로 남성을 현혹해 파멸에 이르게 하지요. 서양에도 이와 비슷한 존재가 있습니다. 그리스 신화에 등장하는 세이렌은 상반신은 여자, 하반신은 새인 바다 괴물입니다. 세이렌은 감미로운 노래로 지중해를 지나는 선원들을 홀려 배를 난파시킨다고 합니다. 하지만 이는 여성이 정말 파괴적인 존재여서가 아니라 남성이 여성에 대한 자신의 욕망을 유혹 당한다는 식으로 표현한 데서 비롯된 것 같습니다.

비밀스런 친구가 되어 주는 여자 귀신

《금오신화》에도 이 세상 사람이 아닌 여성 귀신들이 등장합니다. 〈만복사저포기〉나 〈이생규장전〉의 여자 주인공은 이미 세상을 떠난 귀신이고, 〈취유부벽정기〉에서도 여자 주인공이 사람 아닌 신선으로 그려집니다. 미녀는 현실적 존재이고 귀신은 비현실적 존재인데도 《금오신화》에서는 이를 크게 구별하지 않았으며 귀신을 전혀 무서운 존재로 그리지도 않았다는 점이 특이합니다. 오히려 《금오신화》에 등장하는 여성들은 고독한 남자 주인공의 마음을 알아주는 비밀 친구 같은 역할을 하지요. 남성과는 구별되는 또 다른 존재라는 점에서 여성이 귀신과 같은 범주로 다루어졌다고 할 수 있습니다.

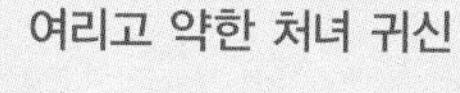

여리고 약한 처녀 귀신

때로는 도움을 필요로 하는 여리고 약한 여자 귀신도 있습니다. 아랑 전설이나 《장화홍련전》에 등장하는 처녀 귀신이 대표적입니다. 각각의 이야기에서 아랑과 장화, 홍련은 억울하게 죽임을 당하지만 그 원한을 풀 길이 없어 사또 앞에 나타납니다. 처녀 귀신을 보고 두려움을 먼저 느낀 사또들은 줄줄이 실려 나가지만 이들을 귀신으로 여기기보다 기막힌 사연을 지닌 애처로운 존재로 보고 이야기를 들어주며 억울함을 풀어 준 신임 사또는 살아남아 부귀영화를 누리게 됩니다. 처녀 귀신도 원한이 풀린 뒤에는 다시 나타나지 않았지요.

취유부벽정기

술에 취해 부벽정에서 놀다

평양은 옛 조선의 서울이다. 주나라 무왕이 은나라를 멸망시키고 기자를 찾아가니, 기자가 하나라 우왕이 남겼다는 홍범구주를 설명하며 나라를 잘 다스리는 아홉 가지 조항을 전했다. 이에 무왕은 기자에게 이 땅을 다스리게 했고 그를 존중하여 신하로 대우하지 않았다고 한다.

평양에서 경치가 아름답기로 소문난 곳은 금수산, 봉황대, 능라도, 기린굴, 조천석, 추남허가 있는데, 모두 오래된 유적지이지만 영명사(永明寺)와 부벽정(浮碧亭)을 말하지 않을 수 없다.

영명사는 고구려 동명성왕의 대궐 터에 있는 절이다. 이 절은 평양성 밖 동북쪽 이십 리 되는 곳에 있는데, 대동강을 굽어보며 아득한 평원과 잇닿아 있어 거칠 것 없이 펼쳐진 경치가 매우 빼어났다. 그림

같은 놀잇배와 장삿배들이 강가에 무수히 늘어서 있고, 뱃사람들은 대동강에서 하룻밤을 묵게 되면 으레 이곳에 올라와 실컷 놀다 돌아가곤 했다.

또한 부벽정의 남쪽에는 돌로 쌓은 사다리가 둘 있었다. 사람들은 왼쪽 사다리를 청운제(靑雲梯), 오른쪽 사다리를 백운제(白雲梯)라고 불렀는데, 이 글자를 돌에 새겨 계단 앞에 세워 놓으니 좋은 구경거리가 되었다.

조선 세조 3년의 일이었다. 개성에 성이 홍씨인 부잣집 도령이 있었다. 그는 젊은 나이에 얼굴도 잘 생기고, 글재주도 뛰어난 팔방미인이었다. 추석 무렵, 그는 몇몇 친구들과 함께 배에 베를 가득 싣고 평양성에 갔다. 베를 명주실과 바꾸기 위해서였다.

배가 강가에 닿자 성안의 기생이란 기생은 모두 나와 홍 도령의 관심을 끌려고 했다. 마침 평양성 안에 살고 있는 친구들이 그를 위해 술자리를 마련했다. 그는 오랜만에 친구들을 만나 술을 너무 많이 마셔 버렸다. 그래서 중간에 자리를 빠져나와 포구에 세워 놓은 배로 돌아오고 말았다.

그렇게 그냥 배에서 하룻밤 잘 생각이었는데, 마침 가을이라 밤 날

- **무왕**(武王) 은 왕조를 무너뜨리고 주 왕조를 창건한 중국 주나라의 제1대 왕.
- **기자**(箕子) 고조선 때에 있었다고 하는 전설상의 기자 조선의 시조(始祖).
- **우왕**(禹王) 중국 전설상의 하(夏)왕조 시조.
- **홍범구주**(洪範九疇) 우(禹)가 정한 정치 도덕의 아홉 원칙으로 《서경》의 홍범에 기록되어 있다.
- **동명성왕**(東明聖王) 고구려의 시조인 고주몽. 졸본에 나라를 세우고 국호를 고구려라 했다.

씨가 제법 서늘하여 도대체 잠이 오지 않았다. 뱃전에 누워 하늘의 달을 바라보던 홍 도령은 문득 당나라 시인 장계(張繼)의 〈풍교야박〉이라는 시가 생각났다. 뱃머리의 밤 풍경과 시의 정취에 흠뻑 취한 그는 그만 절로 흥이 나 그냥 누워 있을 수가 없었다.

주위를 둘러보니 마침 자기 배 옆에 작은 배가 한 척 묶여 있었다. 홍 도령은 그 배를 타고 노를 젓기 시작했다. 달빛 속으로 물살을 헤치며 그는 점점 강의 상류로 올라갔다. 기분이 사그라지면 다시 돌아갈 생각이었지만, 가다 보니 어느새 부벽정에 이르고 말았다.

그는 배를 갈대숲에 대 놓고 사다리를 타고 부벽정으로 올라갔다. 부벽정 난간에 기대 바라보니, 달빛 속으로 강물은 일렁이며 아득하게 흘러가고 있었다. 달빛이 비치는 대동강은 마치 바다처럼 넓고 또 비단처럼 고왔다. 기러기 몇 마리가 물가 모래밭에서 밤을 지새우고, 이슬 내린 소나무 위에는 학이 푸드덕푸드덕 날갯짓을 하고 있었다. 마치 하늘나라 옥황상제의 궁궐처럼 느껴지는 풍경이었다.

옛 도읍이었던 평양성은 안개 자욱한 저 멀리에 희미했고, 성 아래로 물결이 무심한 세월처럼 출렁이고 있었다. 그는 사라진 옛 나라의 자취를 바라보며, 은나라가 망함을 슬피 여겨 지었다는 옛 시의 구절들을 떠올려 나직하게 시를 지어 읊기 시작했다.

• **〈풍교야박(楓橋夜泊)〉** 당나라 때 장계가 지은 시. "달 지고 까마귀 우는데, 서리가 하늘에 가득하고 / 강가의 단풍나무는, 고기잡이배의 등불에 시름겨워 잠 못 드는데 / 아득히 고소성 밖 한산사로부터 / 한밤중의 종소리 나그네의 배에 들리네."라는 내용이다.

부벽정에 올라 노래하니
강물 소리는 흐느끼어 애간장을 끊는구나.
옛 나라 영웅호걸은 자취도 없는데
무너진 성터에는 봉황의 형상만 남아 있구나.
달빛 비친 흰 모래톱 위로 기러기 돌아가고
안개 걷힌 숲에 반딧불만 반짝이는데,
쓸쓸한 풍경 속에 사람은 자취도 없고
영명사 종소리만 밤 그늘 속으로 아득하게 울린다.

옛 궁궐터에는 가을 풀만 가득하고
기생들 놀던 곳에는 냉이 풀만 가득하다.
구름 아득한 저편 돌계단은 어디 있나?
달빛 속에 까마귀만 우짖는다.
스러진 궁궐, 옛길은 자취도 없는데,
소리도 쉼도 없이 강물만
그 옛날처럼 바다로 흐른다.

한가위 달빛 곱고
옛 성은 구슬프다.
기자묘 앞에는 큰 나무가 늘어서고
단군 사당 벽에는 담쟁이가 얽혀 있네.
옛날의 영웅들은 다 어디로 갔나?
초목 우거진 옛 성터에
달은 떠 예전처럼 밝디 밝으니

내 옷깃이 맑은 빛에 물들어 있구나.

동산에 달 뜨자 까마귀 흩어지고
밤 깊어 찬 이슬에 옷깃이 젖는다.
천년의 옛 문물 자취도 없고
아득한 강산에는 무너진 성곽
하늘로 간 동명성왕 다시 오지 않으니
다음 세상에 그 이야기 어떻게 전할까?
금 수레, 기린마 간 데 없으니
풀숲 사이 옛길을 늙은 중 혼자 걸어갈 뿐.

찬 이슬에 풀 나무 시들고
마주 선 청운교, 백운교는 우뚝하다.
수나라 병졸들의 넋은 여울이 되어 우니,
동명성왕의 남은 혼은 가을 매미가 되었던가.
안개 자욱한 길 위 임금 행차 사라지고,
소나무 우거진 궁궐에 종소리만 울리는데,
높이 올라 시를 지어도 듣는 이 없으니
밝은 달, 맑은 바람에 시름만 가득할 뿐.

홍 도령은 시를 읊고 난 뒤 괜히 쑥스러워 손바닥을 문지르며 몸을 흠칫 떨었다. 그는 스스로 시의 정취에 빠져 구절구절마다 흐느끼듯 낭송했다.

뱃전을 두드리는 노랫소리와 퉁소 소리가 화답하진 않았어도, 그의 시는 마음 깊은 곳에 감흥을 일으켜 깊은 골짜기의 용을 일어나 춤추게 하고 배 위의 외로운 여인을 흐느껴 울도록 하기에는 충분했다.

그는 시를 다 읊고 난 뒤 자리에서 일어났다. 시간은 벌써 자정이 넘은 때였다. 이제 그만 배로 돌아가야지 하며 걸음을 옮기려는데, 갑자기 서쪽에서 발자국 소리가 들렸다.

'절에 있는 스님이 시 읊는 소리를 듣고 이상해서 나와 보는 거겠지.'

그렇게 생각한 홍 도령은 발자국이 가까이 올 때까지 잠시 기다렸다. 그런데 얼마 뒤 나타난 사람은 스님이 아니라 아리따운 여인이 아닌가. 여인 옆에는 몸종 둘이 조심스러운 걸음으로 따라오고 있었다. 몸종 한 명은 옥 자루로 된 불자를, 다른 한 명은 비단부채를 들고 있었다. 한눈에 봐도 귀한 신분의 여인 같았다.

그는 얼른 뜰 아래로 내려가 담에 숨어 여인을 살펴보았다. 여인은 남쪽 난간에 기대서서 달빛을 바라보며 나직한 목소리로 시를 읊었다. 격식과 절도가 빼어난 여인임에 틀림없었다. 시 낭송이 끝나고 몸종이 뜰에 비단 방석을 깔아 놓으니 여인은 그 방석 위에 앉아 낭랑한 목소리로 말했다.

"아까 시를 읊던 사람은 어디로 가시었소? 나는 꽃과 달의 요정도 아니요, 연꽃 위를 걷는 미인도 아니오. 다만 오늘 밤은 구름 한 점 없

- **뱃전을 ~ 충분했다** 송나라 소동파가 쓴 〈적벽부(赤壁賦)〉의 한 구절을 인용한 표현.
- **불자(拂子)** 말이나 얼룩소의 꼬리털을 묶고 손잡이를 단 것으로 장애를 물리치는 표지로 썼다.

이 달 밝고 은하수도 맑아, 계수나무 열매가 툭툭 떨어지고 달에 있는 궁궐이 차디차서, 한잔 술과 시 한 수로 마음을 풀어 보려 하는데, 이 좋은 밤에 시를 읊던 사람은 어디로 갔단 말인가?"

홍 도령은 잠시 망설이다 가는 기침 소리로 인기척을 냈다. 그러자 여인의 몸종이 다가와 말을 건넸다.

"저희 아가씨께서 모시고 오라고 하십니다."

그는 잠시 머뭇거리다가 다가가 인사를 하고 무릎을 꿇었다. 그의 모습을 본 여인은 특별히 반겨 하는 기색 없이 기품 있는 태도로 빈 방석을 가리키며 나직하게 입을 열었다.

"이리로 앉으십시오."

그가 앉자 몸종은 두 사람 사이에 키 낮은 병풍을 세워 놓았다. 병풍 너머로 여인의 얼굴이 어렴풋이 보였다.

"아까 그대가 읊은 시는 무엇입니까? 설명을 듣고 싶습니다."

여인의 부탁에 홍 도령은 시 구절구절을 일일이 암송하며 설명해 주었다. 설명을 다 듣고 난 여인이 비로소 가만히 웃으며 말했다.

"당신은 나와 함께 시를 이야기할 만한 사람이군요."

여인은 몸종에게 술을 따라 그에게 권하도록 했다. 그는 차려 놓은 음식을 곁눈질로 살펴보았다. 얼핏 보아도 인간 세상의 음식처럼 보이지 않았다. 음식을 하나 집어 입에 넣었는데 막대기처럼 딱딱해서 먹을 수가 없었다. 술도 써서 마실 수 없었다. 그 모습을 본 여인이 빙긋 웃고는 몸종 한 명을 향해 말했다.

"인간 세계의 사람이니 어찌 신선 세계의 음식 맛을 알 수 있으리오. 너는 얼른 신호사에 가서 절 밥을 조금 얻어 오너라."

몸종 한 명이 나가자 여인은 남은 몸종을 돌아보며 심부름을 시켰다.

"너는 주암에 가서 반찬을 얻어 오너라."

얼마 후 몸종들은 홍 도령이 먹을 음식을 받쳐 들고 왔다. 그가 맛나게 음식을 먹고 나자, 여인은 홍 도령에게 화답하는 시를 적어 몸종을 통해 건네주었다. 그는 여인이 준 시를 펴 찬찬히 읽어 내려갔다.

달빛 고운 부벽정의 밤
그대의 이야기 더욱 맑구나.
양산처럼 펼쳐진 나무 그늘 아래에
강물은 비단 치마처럼 일렁인다.
세월은 날아가는 새처럼 빠르고
세상은 강물처럼 출렁이는데,
오늘 우리 마음을 그 누가 알아 줄까?
풍경 소리는 솔숲에 일렁이는데.

대동강은 성 남쪽에서 나뉘고
푸른 물결, 은모래 위 기러기 난다.
그 옛날 임금의 수레 자취도 없고
무덤가에는 구슬픈 퉁소 소리뿐.

* 신호사(神護寺) 평양 근교에 있는 절.
* 주암(酒巖) 평양 동쪽에 있는 바위 이름. 바위 아래 용이 산다는 전설이 있다.

비올 듯 말 듯한 숲 속에서 시를 쓰니
취한 듯 깬 듯 절은 고요하다.
버려진 옛 모습은 어디로 갔나?
천년 자취는 구름만 같은데.

풀뿌리 가을 서리에 차고 풀벌레 울음 구슬퍼라.
정자에 오르니 상념만 인다.
비 그치자 구름 흩어지고 옛일은 슬픈데,
떨어진 꽃 흐르는 물에 세월은 덧없다.
물결 소리 가을을 거슬러 흐르고
누각은 강물에 젖어 차디차다.
한 옛날에 번창했던 곳이
이제는 황폐한 성만 남아 초목이 우거졌다.

금수산 앞에 비단 같은 언덕 위
옛 성에 비치는 붉은 가을 잎.
다듬이 소리 아득한 가을밤
고깃배는 노를 저어 돌아오고
늙은 나무 한 그루 바위에 기대 있고
풀숲 비석에는 이끼가 가득하다.
기대어 바라보니 옛일은 아득해
달빛에 파도 소리만 구슬피 운다.

드문드문 별들이 하늘에 뜨고

은하수, 달빛은 곱기도 하다.
옛일은 모두 헛되고 헛된 것이니
술 한 동이 다 마시고 잊어 보리라.
어지러운 세상, 그 누가 내 마음 알까?
옛 영웅들은 모두 흙먼지가 되고
세상에 남은 것은 헛된 이름뿐.

이 밤,
담장에 둥근 달이 걸리니
그대는 세속의 인연을 떠나
한없는 즐거움을 나와 더불어 누리리라.
누각에 사람 자취 흩어지고
섬돌 아래 나무들 이슬 머금고 기뻐할 때
다시 만날 기약이 있을까.
봉래산에 복숭아 익고, 푸른 바다 마르는
그날에.

홍 도령은 시를 다 읽고 난 뒤, 한편으로는 귀한 인연을 만나 기쁘면서, 다른 한편으로는 여인이 떠나 버릴까 걱정스러운 마음이 들었다. 말을 걸어서 잠시라도 더 붙잡고 싶었다.

"대체 당신은 누구십니까? 어디 사시는 분인가요?"

여인은 한숨을 쉬고 잠시 그의 눈을 쳐다보다가 천천히 입을 열었다.

"나는 중국 은나라 황실의 후손인 기자의 딸이라오. 우리 조상은

이 땅의 왕이 되시어 예법과 정치 제도를 바르게 하고, 해서는 안 될 여덟 가지 일을 법으로 만들어 통치하셨으므로 나라의 문물이 천 년이 넘도록 빛날 수 있었소.

그런데 그만 운이 다해 아버님이 외적에게 목숨을 잃는 지경에 처하고 나라마저 망했소. 그 혼란을 틈타 위만이라는 자가 왕위를 차지하여 나라를 빼앗았지요. 나는 망국의 후손으로 한스러운 시대에 처했으니 절개를 지키기 위해 죽기로 작정을 했소.

그런데 갑자기 신령스러운 노인이 나타나 나를 어루만지며 '나는 이 나라의 시조로서 임금 노릇을 마치고 바닷속 섬에 들어가 신선이 된 지 수천 년이 되었다. 이제 너는 나를 따라 상계로 가서 사는 것이 어떠하겠느냐?' 하셨다오.

나는 그분 손에 이끌려 함께 상계로 올라갔소. 그분은 내게 별당을 지어 주시고, 삼신산의 불사약도 지어 주셨다오. 그 약을 먹고 몇 달이 지나자 몸이 가벼워지고 기운이 샘솟아 그 뒤부터는 마치 겨드랑이에서 날개가 난 것처럼 마음대로 하늘을 날아다니며 세상을 둘러볼 수 있었소. 세계의 명승지도 빠짐없이 유람할 수 있었지요.

그러던 중 어느 가을날에 물처럼 맑은 달빛을 바라보다 문득 먼 곳

- **위만**(衛滿) 중국 연나라의 관리로, 천여 명의 무리를 이끌고 고조선에 망명하여 준왕(準王)으로부터 변경 수비의 임무를 맡았다가 힘이 커지자 준왕을 축출하고 위만 조선을 세웠다.
- **상계**(上界) 하늘 위의 세계, 천상계를 뜻한다.
- **삼신산**(三神山) 중국 전설에 나오는 봉래산, 방장산, 영주산을 통틀어 이르는 말. 진시황과 한무제가 불로불사약을 구하기 위해 이 산에 사람들을 보냈다고 전한다.

으로 떠나고 싶어졌소. 달나라로 간 나는 광한전(廣寒殿)을 구경하고 항아가 있는 수정궁(水晶宮)에도 들렀소. 항아는 내 절개와 글솜씨를 칭찬하며 '인간 세상에서 이름난 곳은 복스러운 땅이라고 하지만, 실은 모두 전쟁터일 뿐이오. 하늘나라에 와 흰 새를 타고 다니며, 계수나무 향기를 맡고, 달빛을 받으며 옥경에서 놀고, 은하수에 목욕하는 것이 더 좋지 않겠소?'라며 말을 건넸소. 그 후로 나는 옥황상제의 향로인 향안을 받드는 일을 맡아 형용할 수 없이 즐거운 세월을 보냈소.

오늘 밤 갑자기 고향 생각이 간절해 이곳을 내려다보았더니, 산천은 그대로인데, 옛사람들은 모두 가고 자취가 없기에 한탄을 금치 못했소. 마침 달빛이 안개를 걷어 내고 땅의 먼지도 모두 씻기는 듯해서 잠시 옥경을 버리고 인간 세상에 내려왔다오.

먼저 조상들의 무덤에 성묘를 하고 부벽정에 올라 남은 시름을 보내고 있다가 문득 그대의 시 읊는 소리를 듣고 당신을 마주하게 된 것이오. 당신의 뛰어난 시에 내 둔한 붓으로 화답했으니 시라 일컫기 민망하나 그저 내 마음을 풀어냈을 뿐이라 생각해 주오."

여인의 말에 홍 도령은 일어나 두 번 절을 하고 머리 숙여 엎드린 채 입을 열었다.

"저는 인간 세상의 하찮은 백성이니 초목과 함께 썩어도 마땅합니다. 감히 황손이신 선녀와 함께 시를 주고받다니, 이 감격을 어떻게 말로 표현할 수 있겠습니까?"

그는 아까 받아 읽은 여인의 시를 생각하며 엎드려 말을 이었다.

"저는 감히 신선의 음식을 먹지 못하는 인간 세상의 하찮은 존재이나 시는 조금 안답니다. 세상엔 네 가지 좋은 것이 있는데 좋은 계절, 아름다운 경치, 그것을 보고 즐거워하는 마음, 또 그것을 보며 즐겁게 노는 일입니다. 오늘 밤 저는 이 네 가지를 모두 갖췄으니 어찌 좋은 날이 아니겠습니까? 제게 〈가을밤 강가의 정자에서 달을 즐기다〉라는 제목으로 사십 행의 시를 지어 가르침을 베풀어 주십시오."

여인이 고개를 끄덕이더니 붓을 들어 단숨에 시를 써 내려갔다. 글 쓰는 모습이 마치 구름과 연기가 서로 얽혀 피어오르는 것 같았다.

달 밝은 밤 강가의 정자엔 긴 하늘, 고운 이슬
은하수 빛나고 오동잎은 서늘하다.
희고 맑은 세상에 곱디고운 열두 층 누각.
텅 빈 하늘로 소소히 바람이 부니
일렁이는 물결에 아스라이 배 떠가고
저 멀리 갈대꽃 핀 섬이 아득하다.
애잔한 노랫소리 들리는 듯, 옥도끼로 다듬은 듯
잔잔한 달빛 아래 진주가 자라는 듯.
지미, 공원과 달구경할 때
찬 달빛에 까마귀 놀라 날고, 달그림자에 소가 놀란다.

- **항아**(姮娥) 달 속에 있다는 전설 속의 선녀로, 가상의 궁전인 광한전에서 산다고 전한다
- **옥경**(玉京) 하늘 위에 옥황상제가 산다고 하는 가상의 도읍.
- **향안**(香案) 향불을 받치는 상.
- **지미**(知微), **공원**(公遠) 당나라 때 도술을 잘 부린 사람들. 지미는 장마철에 도술을 부려 달구경을 했다고 한다. 공원은 지미의 친구이다.

은은한 산, 푸른 바다 바라보며
그대와 문 열고 주렴을 걷으니
이백은 술잔을 멈추고, 오강은 계수나무를 베었지.
흰 병풍 세우고 비단 휘장 쳐 놓아
거울 같은 달은 얼음으로 만든 수레바퀴가 도는 듯.
금빛 물결 온화한 은하수는 아득하니
요사스런 두꺼비는 칼을 뽑아 없애고
교활한 옥토끼는 그물로 잡아 버리자.
하늘에 비 그치고 돌길에 안개 걷히니
층계는 만 길 폭포를 따라 내려가네.

타향에서 길을 잃었다가 짝을 만나니
시를 지어 화답하고 술 권하며 즐겨 보세.
시간을 아껴 가며 취하도록 놀아 보세.
화로에는 숯이 타고, 솥 안에는 국이 끓고
향로엔 향기 가득, 잔 속엔 술이 가득
솔숲에 학이 울고 방 안엔 귀뚜라미 소리.
희미한 옛 성터엔 초목만 무성하여

- **이백**(李白) 중국 당나라의 시인 이태백.
- **오강**(吳剛) 한나라 때의 인물. 신선술을 배우다 달로 귀양 가서 계수나무를 베었다는 전설이 있다.

단풍잎 지고 누런 갈대는 쓸쓸히 휘날린다.
신선 세계는 영원하고 인간 세월 덧없어
궁궐터에 이삭이 패고 사당에는 뽕나무가 휘어지네.
옛 이름은 비석에 남았으니 흥망을 갈매기가 알랴.
달은 기울었다 차고 사람살이는 모래알같이 흩어져
궁궐은 절이 되고 옛 왕은 무덤 속에 누웠다.
휘장 밖으로 반딧불만 반짝반짝
옛날은 눈물겹고, 오늘은 수심 겹다.
목멱산은 단군의 터 평양성은 기자의 서울
굴속에 기린의 자취 들판에 조선의 과녁
견우성 하늘로 떠나니 직녀성도 돌아간다.
선비는 붓을 던지고 선녀는 악기를 멈추고
노래 끝나자 헤어지니 바람 속에 노 젓는 소리뿐.

시를 다 쓰고 나자 여인은 갑자기 낭랑한 소리로 한마디 말을 남기고 옷자락을 펄럭이며 하늘로 사라져 버렸다.

"옥황상제의 명령이 지엄하여 난새를 타고 돌아가오. 그대와 더불어 아름다운 이야기를 다하지 못함이 한이 될 뿐이오."

홍 도령은 멍하니 하늘만 바라보며 여인의 마지막 소리만 되새겼는데, 그때 난데없이 회오리바람이 불어 두 사람이 앉아 있던 자리를 걷어 갔다. 여인이 쓴 시도 그 바람에 휩쓸려 어디론가 사라져 버렸다.

'아하, 아마도 하늘의 이야기를 인간 세상에 퍼트리지 않으려는 뜻인가 보다.'

그는 그렇게 미루어 짐작했다. 곰곰 생각해 보니 오늘 일어난 일은 꼭 꿈도 생시도 아닌 이상한 일이었다. 그는 정신을 가다듬고 기억을 되살려 여인이 한 말을 모두 적기 시작했다. 그리고 글의 끝에 시를 한 편 지어 덧붙였다. 여인과의 좋은 인연을 기억하고, 마음속 이야기를 모두 나누지 못한 아쉬움도 담아낸 시였다.

• **난새** 중국 전설에 나오는 상상의 새.

그대와의 만남, 구름도 비도 아닌 허망한 꿈
떠난 그대는 언제나 퉁소 불며 돌아오려나?
대동강 푸른 물결 무정하다 말하지 마라.
임 떠난 저 너머로 슬피 울며 가는 구나.

자리에서 일어나며 사방을 살펴보니, 어느새 절에서는 새벽 종소리가 울리고 마을의 닭 우는 소리가 들려왔다. 하늘을 보니 달은 성 서쪽으로 기울고 샛별만 반짝이고 있었다. 적막하던 밤기운이 걷히니 어느새 뜰아래는 벌레 소리로 가득 차 있었다.

홍 도령은 쓸쓸하고 슬프면서도 경건해졌으며 한편으로는 두려운 마음까지 들었다. 그는 더 이상 그 자리에 머물러 있을 수 없어 천천히 배를 몰아 포구로 돌아갔다. 마침 포구에서 그를 발견한 친구들이 다투어 물었다.

"자네 어젯밤엔 어디에서 자고 왔나?"

"이 친구 혼자서 무슨 재미를 보고 온 거야?"

그는 아무도 자신이 겪은 일을 믿어 줄 것 같지 않아 엉뚱한 말로 둘러댔다.

"낚시를 갔지. 달빛 따라 장경문 밖 조천석 근처에서 고기를 잡았는데, 날씨가 차서인지 한 마리도 잡히지 않더군. 아쉬운 밤이었어."

친구들은 의심하지 않고 더 묻지도 않았다. 며칠을 더 평양에 머물렀지만, 홍 도령은 여인 생각에 마음에 병이 들어 삐쩍 말라 갔다. 그의 상사병은 집으로 돌아와서도 나아지지 않고 점점 더 깊어졌다. 결국 정신까지 멍해져 말을 더듬고, 마침내는 자리에 누워 일어나지도 못했다.

어느 날, 그가 누워 있는 방에 꿈결처럼 한 여인이 나타났다. 여인은 엷은 화장을 하고 고운 소복을 입었는데 나직한 목소리로 입을 열었다.

"우리 아씨께서 옥황상제께 당신의 재주를 아뢰었더니, 상제께서 그 재주를 아껴 견우님의 일을 돌봐 드리는 직책을 맡기셨습니다. 어서 함께 가시지요."

홍 도령은 깜짝 놀라 자리에서 벌떡 일어났다. 꿈이었다.

그가 곰곰 생각해 보니, 이제 이승에서의 삶이 끝났다는 것을 알려주는 징조라는 느낌이 들었다. 그는 하인들을 시켜 몸을 깨끗이 씻고 새 옷을 갖춰 입었다. 그러고는 향을 피우고 마당에 자리를 깐 뒤 그 위에 누워 잠시 눈을 감고 명상에 잠기듯 숨을 고르고 있었다. 얼마 지나지 않아 그는 편안한 얼굴로 세상을 떠났다. 이날이 구월 보름이었다.

그의 시신은 죽은 지 사나흘이 지나도록 살아 있을 때 모습과 다름없었다. 사람들은 홍 도령이 신선을 만나 몸이 신령스럽게 된 것이라며 입을 모았다고 한다.

• **견우(牽牛)** 견우직녀 설화에 나오는 남자 주인공.

김시습과의 인터뷰

주체적인 역사 공간, 평양 들여다보기

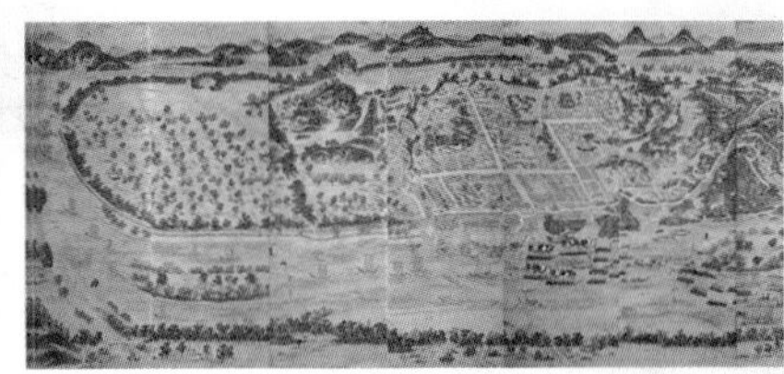

18세기 중엽 평양의 모습, 〈기성도〉, 서울역사박물관 소장.

〈취유부벽정기〉의 배경은 평양입니다. 평양은 고조선과 고구려의 수도였으며 오랜 역사의 중심지이자 우리 민족에게 의미 있는 다양한 사건이 일어난 곳이기도 합니다. 지금은 북한의 수도로, 거리상으로는 매우 가깝지만 갈 수 없는 곳이지요. 어서 우리 역사의 자취를 평양에서 직접 느껴 볼 수 있다면 좋겠습니다. 일찍이 평양이라는 공간을 주목했던 《금오신화》의 저자 김시습과의 인터뷰를 통해 과연 평양에 어떠한 역사적 의미가 깃들어 있는지, 그 궁금증을 풀어 봅시다.

선생님, 이 작품은 다른 소설과는 달리 배경이 중요하게 다루어지는 것 같습니다.

네, 맞습니다. 저는 이 소설에서 두 인물이 만나는 장면을 신비롭게 그리기 위해 노력했습니다. 그래서 만남의 배경이 되고 또 그 만남에 의미를 부여하는 평양을 소개하는 것으로 소설을 시작했지요.

왜 하필 평양을 소설의 배경으로 삼으셨나요?

평양은 우리 민족에게 역사적으로 의미가 깊은 곳이기 때문입니다. 오늘을 사는 여러분은 평양 하면 무엇이 떠오르나요? 저는 가장 먼저 떠오르는 것이 고구려를 세운 동명왕입니다. 평양에는 하늘의 자손인 동명왕이 기린 굴에서 기른 기린을 타고 하늘로 올라가 다시는 돌아오지 않았다는 이야기가 전해지지요. 수나라 대군에 맞서 나라를 지킨 고구려의 명장 을지문덕도 빼놓을 수 없는 평양의 인물입니다. 을지문덕은 수나라 군사들을 평양성 부근까지 유인하고, 지금의 청천강인 살수를 건너는 수나라 군사들을 공격해 크게 승리했습니다. 이것이 바로 그 유명한 살수대첩이지요. 고려 시대에는 묘청이 사대주의에 반발하여 북진을 주장하며 평양으로 수도를 옮기자는 운동을 하기도 했습니다. 더 옛날로 거슬러 올라가면 고조선의 두 영웅인 단군과 기자도 평양에 도읍을 정했다고 하지요.

〈취유부벽정기〉에 등장하는 선녀는 자신을 기자의 딸이라고 소개하던데, 기자는 누구인가요?

기자는 중국 고대 은나라 사람인데, 고조선으로 와서 왕이 되었다는 설이 있습니다. 현대 역사학자들은 이를 사실이 아니라고 밝혔습니다만, 조선 시대에는 사실로 믿고 기자를 숭상했지요. 기자를 인정한 것은 중국에 대한 사대주의라기보다는 우리 민족이 중국에 뒤지지 않는 문화적 역량을 지녔음을 드러내기 위한 것이었습니다. 그런 면에서 나는 기자 역시 우리 민족의 주체성과 우수성을 보여 준 인물로 생각합니다.

〈취유부벽정기〉에는 유독 시가 많이 등장하는데, 작품의 특징이 무엇인가요?

〈취유부벽정기〉는 《금오신화》의 다른 작품에 비해 이야기적인 성격이 약해 독자들이 자칫 지루하게 느낄 수 있습니다. 반면에 이 작품은 중국 《전등신화》의 영향을 가장 덜 받아 주체적인 성향이 강하고 독창적이라는 평가를 받습니다. 서정성 또한 뛰어나며 민족의 영웅을 찬양하고 그리워하는 역사성도 두드러집니다.

단군왕검
평양성에 도읍하고 나라 이름을 조선이라 부르리라.

동명왕
나는 죽은 것이 아니다. 기린을 타고 조천석을 밟아 아버지가 계신 하늘로 돌아간 것이다.

을지문덕
그대의 신기한 책략은 천문을 꿰뚫었고 묘한 계략은 땅의 이치에 이르렀네. 전쟁에 이겨 이미 그 공이 높으니 만족함을 알고 돌아감이 어떠하리?

묘청
신이 평양을 보니, 틀림없는 명당입니다. 만약 궁궐을 이곳으로 옮기시면 천하를 합병할 수 있을 것이요, 금나라가 스스로 항복할 것이며, 36국이 다 신하가 될 것입니다.

평양 감사
중국을 오가는 사신들이나 상인 대부분은 평양을 통과하니, 유력한 권력가를 만날 수도 있고, 경제적인 이익도 상당하다네. 이러니 서로 평양 감사 자리를 놓고 다투지 않겠는가?

남염부주지

남쪽 염라국 이야기

조선 세조 임금 무렵, 경주에 성이 박씨인 선비가 살고 있었다. 그는 학자로 대성하기 위해 일찍부터 태학에 다니면서 유학을 공부했지만 과거를 볼 때마다 떨어지는 불운을 겪었다.

박 선비는 고상한 기품을 지녔으며 마음에 품은 뜻이 매우 높아 웬만한 세력에는 따르지 않을 뿐 아니라 자기 의지를 굽히지도 않았다. 그런 성격을 보고 거만한 위인이라고 하는 사람도 있었지만, 그를 아는 사람들은 이웃을 대할 때 언제나 겸손하고 온화한 박 선비를 입이 마르도록 칭찬했다.

박 선비는 유학을 공부했기 때문에 불교와 무속, 귀신 따위를 믿는 일에 대해 늘 의심을 품고 있었다. 유학의 경전인 《중용(中庸)》과 《역경(易經)》을 공부하고 난 뒤에는 그런 생각이 더욱 굳어졌다. 하지만 그는 트인 사람이어서 불교 신자들과도 스스럼없이 사귀곤 했다.

어느 날의 일이었다. 그는 평소 친하게 지냈던 스님 한 분과 극락과 지옥에 대한 이야기를 나누다가 의문스러운 부분이 있어 물었다.

"이 세상을 이루고 있는 하늘과 땅은 오직 하나의 이치로 운행된다고 생각합니다. 그런데 어떻게 이 세상 밖에 또 다른 하늘과 땅인 극락과 지옥이 있다고 하십니까? 틀린 생각이 아닙니까?"

박 선비의 말에 스님은 그저 자신이 만든 원인에 따라 악인에게는 악이 오고 선인에게는 선이 돌아가는 것이라고 대답하며 웃을 뿐이었다. 그는 도저히 스님의 말을 받아들일 수 없었다.

그래서 박 선비는 〈일리론(一理論)〉, 즉 '세상의 이치는 하나'임을 논하는 글을 지어 다른 이론에 흔들리지 않는 자신의 논리를 펴기로 했다. 책의 내용은 대강 이러했다.

일찍이 옛 성인의 말을 들으니 세상의 이치는 오직 하나뿐이라 한다. 하나는 둘이 아니라는 말이고 이치는 원래 타고난 성품, 즉 천성을 뜻하며 천성은 하늘이 인간에게 내려 준 품성이다. 하늘은 음과 양 그리고 수(水)·화(火)·금(金)·목(木)·토(土)의 오행으로 만물을 만들었는데, 기(氣)로 형체를 이루고 거기에 이(理)를 채웠다.

이(理), 다시 말해 이치는 우리의 삶에 각각의 조리가 있다는 뜻이다. 아버지와 자식은 친함이 있어야 하고 임금과 신하 사이는 의리가 있어야 하며 부부나 어른 사이에도 지켜야 할 도리가 있는 것이니, 이것이 바로 도(道)라는 것으로 이런 이치가 우리 마음속에 갖추어져 있는 것이다.

우리가 이 이치에 따라 행동한다면 세상 어디에 가도 불안하지 않을 것이다. 그렇지만 이 이치를 거역한다면 본성을 해치게 된다. 궁리진성이란 말이 있다. 이치에 대해 깊이 생각하고 본성을 두루 살펴보아야 한다. 또 격물치지라는 말도 있다. 어떤 사물이라도 꾸준히 접하고 깨우쳐 자신의 지식을 넓혀야 한다.

사람은 누구나 태어날 때부터 이러한 천성을 지니고 있고 세상 모든 것은 다 이런 이치를 가지고 있다. 욕심을 버리고 자연스럽게 타고난 본성을 따르는 것이 사물에 파고들어 이치를 연구하는 것이니, 어떤 사물이라도 그 근원을 따져 올라가면 결국에는 천하의 이치에 이를 것이다. 지극한 이치가 모두 마음속에 들어 있으니 이로부터 연구하면 온 세상 천하가 여기에 합치되고 동서고금을 살펴보아도 어긋남이 없다.

유학을 공부하는 학자가 할 일은 오직 이것이다. 천하에 어찌 두 가지 이치가 있겠는가? 스님들이 하는 말은 세상의 근원이 텅 비어 있고 덧없다고 하니 불교의 이론을 나는 믿지 못하겠다.

어느 날의 일이었다. 박 선비는 서재에서 등불을 돋우고 책을 읽고 있다가 깜박 잠이 들었다. 꿈인지 생시인지, 그는 어느 섬나라에 도착해 있었다. 망망대해 한가운데 있는 섬이었다.

주변을 둘러보니 나무 한 그루, 풀 한 포기도 없었다. 그렇다고 모래나 자갈이 덮여 있는 것도 아니었다. 발에 밟히는 것은 모두 구리와 쇠 같은 광석 덩어리뿐이었다. 낮에는 거센 불덩이가 솟아올라 땅이 녹아내릴 만큼 뜨거웠고, 밤이면 찬 바람이 서쪽에서 불어와 뼈를 엘 듯 추운 땅이었다.

쇠로 된 벼랑이 성벽처럼 가파르게 바닷가로 길게 이어져 있었는데,

그 안으로 들어갈 수 있는 문은 겨우 하나뿐이었다. 어마어마하게 큰 자물쇠가 달린 그 문은 굳게 닫혀 있었다. 문을 지키는 자는 그 꼴이 영악하기 그지없는데 창과 철퇴를 들고 밖에서 들어오는 사람을 감시하고 있었다.

안에 있는 백성은 쇠로 집을 짓고 살았는데, 낮이면 더워 죽을 지경이고 밤이면 얼어 죽을 지경이었다. 아침나절이나 저녁나절에 겨우 꿈틀꿈틀 웃고 말하는 정도였다.

박 선비가 놀라 잠시 사방을 두리번거리고 있을 때 우렁찬 소리가 들려왔다.

- **궁리진성**(窮理盡性) 사물의 이치를 궁구하고 타고난 본성을 다해 천리(天理)에 이른다는 뜻이다.
- **격물치지**(格物致知) 실제 사물의 이치를 연구하여 지식을 완전하게 한다는 뜻이다.

"너는 누구냐?"

깜짝 놀라 소리 나는 곳을 바라보니, 성문을 지키고 있던 자가 박 선비를 부르고 있었다. 그는 부들부들 떨면서 두 번 세 번 절을 하고 난 뒤 대답했다.

"저는 조선이라는 나라의 경주에 사는 박 선비입니다. 세상 물정에 어두워 신령스러운 분들의 노여움을 샀으니 부디 용서해 주십시오."

"선비에겐 어떤 위협에도 굽히지 않는 위엄이 있어야 하는데, 당신은 왜 이렇게 굽실거리시오? 우리 왕께서는 이치를 아는 선비의 말씀을 듣기 위해 오랫동안 기다리고 계셨으며 또한 그대와 같은 사람을 만나 동방에 말씀을 전하고자 하셨소. 그러니 잠시 앉아 계시오. 곧 왕께 말씀드리고 뵙게 해 드리리다."

문지기는 말이 끝나자 허리를 굽혀 어딘가로 들어가더니 얼마 후에 다시 나와 말했다.

"국왕께서 편전으로 모시고 오라 하시니, 선비께서는 왕께서 물으시면 부디 두려워하지 말고 분명하고 조리 있는 말로 대답하시오. 장차 우리 나라 백성에게 큰 깨우침을 주시기 바라오."

박 선비는 여전히 어리둥절하여 서 있는데 얼마 뒤, 동자 두 명이 성 안쪽에서 나타났다. 한 명은 검은 옷을, 다른 한 명은 흰 옷을 입고 있었다. 그들은 각각 두루마리로 된 책을 들고 있었다. 한 명은 검은 책, 다른 한 명은 흰 책을 들었다. 검은 책의 글씨는 푸른색이고, 흰 책의 글씨는 붉은색인 것 같았다.

두 동자가 그 책을 박 선비의 좌우에 펴 놓았는데 그의 이름은 흰 책에 붉은 글씨로 쓰여 있었다. '조선의 박 선비는 인간 세상에서 죄를 짓지 않았으므로 지금 우리 나라의 백성이 될 수 없다.'라고 적힌 것을 본 박 선비가 동자들에게 물었다.

"저에게 왜 이 글을 보여 주십니까?"

흰 종이를 들고 있던 동자가 대답했다.

"검은 책은 악한 사람의 이름이 적힌 명부이고, 흰 책은 착한 사람의 이름이 적힌 명부입니다. 흰 책에 이름이 적힌 사람은 우리 왕께서 예의를 갖춰 모십니다. 검은 책에 이름이 적힌 사람은 천민이나 노예처럼 대접합니다. 선비님은 극진한 대접을 받을 것입니다."

말을 마친 동자들은 고개를 숙여 인사한 뒤 문서를 말아 들고 다시 성안으로 들어갔다.

조금 뒤, 바람같이 수레 하나가 나타나 선비 앞에 멈춰 섰다. 수레 위에는 편안한 자리가 마련되어 있었고, 양쪽에 남자아이와 여자아이가 서 있었다. 그들은 불자와 양산을 하나씩 들고 박 선비가 앉기를 기다렸다. 수레 뒤에는 무사와 병사들이 창을 휘두르며 행인들을 가까이 오지 못하게 막고 있었다.

"어서 오르십시오."

문지기와 동자가 그를 수레로 안내했다. 박 선비는 수레 위에서 성안의 이곳저곳을 둘러보았다. 집들은 모두 쇠로 만들어져 있었다. 고

• **편전(便殿)** 임금이 평소에 거처하며 업무를 보는 궁전.

개를 들어 멀리 바라본 커다란 산은 번쩍번쩍하는 것이 꼭 금으로 된 듯했고, 그 아래에는 세 겹의 쇠로 만든 성이 서 있었다.

성에서는 뜨거운 불길이 하늘로 치솟고 있었다. 길가에는 사람들이 불길에 녹아내린 구리와 쇠를 진흙처럼 밟으며 걸어가고 있었다. 그러나 박 선비 앞으로 뻗은 길은 숫돌이 깔린 것처럼 평평했다.

궁궐에 이르자 활짝 열린 대문 안쪽에 큰 연못이 있었고, 연못 주변에 서 있는 건물 모두 인간 세상과 다름없었다. 잠시 사방을 둘러보고 있는데, 눈부시게 아름다운 여인 둘이 나오더니 그를 왕이 있는 곳으로 안내했다.

왕은 머리에 관을 쓰고 옥으로 된 허리띠를 매고 위엄 있게 앉아 있었다. 그가 다가가자 왕은 몸소 뜰로 내려와 맞이했다. 박 선비가 얼른 무릎을 꿇고 엎드리며 절을 하자 왕은 그를 향해 부드러운 목소리로 말했다.

"서로 사는 곳이 다른 처지인데 내가 어찌 그대에게 왕의 권위를 내세우겠소? 어서 일어서시오."

왕은 그의 소매를 잡아끌며 전각으로 올라가서 특별히 마련한 자리에 앉도록 권했다. 백옥 난간에 금으로 만든 자리였다. 그가 왕이 권유한 대로 앉자 곧 다과가 나왔다. 차는 구리로, 과일은 쇠로 만든 것이어서 먹지 못하고 그저 가만히 지켜볼 수밖에 없었지만 과일과 차의 향기로운 냄새가 궁궐 가득 진동했다. 왕이 그를 보며 입을 열었다.

"선비는 여기가 어딘지 모르실 것이오. 여기는 염부주(炎浮洲)라는 곳으로 저 북쪽에 있는 산이 옥초산(沃焦山)이라오. 하늘과 땅의 남쪽

에 있기 때문에 남염부주라고 부르는데 이곳 땅의 불기운이 거세 항상 공중에 떠 있기 때문에 염부라 칭한다오. 내 이름은 염마(焰摩)라 하오. 불꽃이 내 몸을 휘감고 있어 그렇게 부른다오. 이 섬의 왕이 된 지 벌써 만 년이 넘은지라 이제는 신통한 변화를 부리거나 하고자 하는 일이 뜻대로 되지 않는 법이 없소.

옛날 중국 황제의 신하 창힐이 한자를 만들 때 내가 백성을 보내 굽어 살핀 적이 있고, 구담이 부처가 될 때는 제자를 보내 보호해 준 적도 있소. 그러나 삼황오제와 주공은 자기 자신의 도(道)로 스스로를 지키고 도덕으로 천하를 다스리니 나는 거기에 관여하지 않았소."

왕의 말에 그가 물었다.

"주공과 구담은 어떤 사람들이었습니까?"

그의 질문에 왕이 자세하게 대답했다.

"주공은 중국의 성인이고, 석가는 인도의 성인이라오. 중국이 문명의 나라라고 하지만 착한 사람도 있고 악한 사람도 있소. 주공은 그들에게 깨우침을 준 성인이었소. 인도에도 민첩한 사람이 있고 어리석고 둔한 사람도 있으니, 석가는 그들을 깨우치는 데 힘쓴 사람이오.

주공은 올바른 도로 사악한 것들을 물리치는 방법을 썼으므로 그 말이 정직에 바탕을 두고 있고, 석가는 사악함을 물리치기 위해 사악한 도를 사용했으므로 허황된 말이 많소. 정직한 말은 군자들이 쉽게 따르고 허황된 말은 소인들이 쉽게 믿는다오.

이런 차이가 있지만, 궁극적으로는 군자와 소인을 모두 바르게 살게 한다는 점에서 서로 같소. 세상을 헛된 것에 빠트리거나, 백성들을 속여 나쁘게 하자는 것은 결코 아니라오."

설명을 듣고 하나의 의문점이 풀린 박 선비가 또 다른 것을 물었다.

"귀신이란 어떤 존재입니까?"

"귀(鬼)는 음(陰)의 혼령이고, 신(神)은 양(陽)의 혼령이오. 모두 조화로움이 드러난 것이고, 음과 양 두 기운이 나타난 것이오. 살아 있을 때는 사람이고, 죽으면 귀신이 되지만 그 이치야 다를 것이 있겠소."

왕의 설명을 듣고 난 그는 고개를 끄덕이며 다시 물었다.

"인간 세상에서는 귀신에게 제사를 지내는 풍습이 있습니다. 제사로 모시는 귀신과 조화로움을 이루는 귀신은 서로 다른 존재인가요?"

"아니, 그렇지 않소이다. 옛날 학자들은 '귀신은 형체도 없고 소리도 없다.'라고 했소. 사물이 시작되고 끝나는 것은 모두 음과 양이 합쳐지고 흩어지는 현상일 뿐이오.

인간 세상 사람들이 하늘과 땅에 제사를 지내는 것은 음양의 조화를 믿기 때문이고 산과 물에 제사를 지내는 것은 기의 변화에 보답하는 것이오. 조상에게 제사를 지내는 것은 자신의 뿌리에 보답하기 위해서이고, 육신에게 제사 지내는 것은 재앙을 모면하기 위해서라오.

이런 제사는 사람들에게 공경하는 마음을 갖게 해 주는 일이지, 귀신이 있어서 인간에게 복을 주거나 재앙을 주는 것이 아니오. 다만 인간들이 귀신이 있다고 생각하는 것뿐이라오. 공자님께서 귀신을 공경해야 하지만 멀리해야 한다고 말씀하신 것도 그 때문이오."

그가 다시 물었다.

- **창힐**(倉詰) 중국 고대 황제(黃帝) 때의 좌사(左史)로, 새와 짐승의 발자국을 본떠 처음으로 문자를 만들었다.
- **구담**(瞿曇) 부처님이 되기 전의 석가모니의 성.
- **삼황오제**(三皇五帝) 중국 고대 전설에 나오는 세 명의 임금과 다섯 성군을 아울러 이르는 말.
- **주공**(周公) 중국 주나라의 정치가로, 은나라를 멸하고 《주례(周禮)》를 지었다.
- **육신**(六神) 바람의 신인 풍백, 비의 신인 우사, 별의 신인 영성, 농사의 신인 선농, 땅의 신인 사, 곡식의 신인 직의 여섯 신.

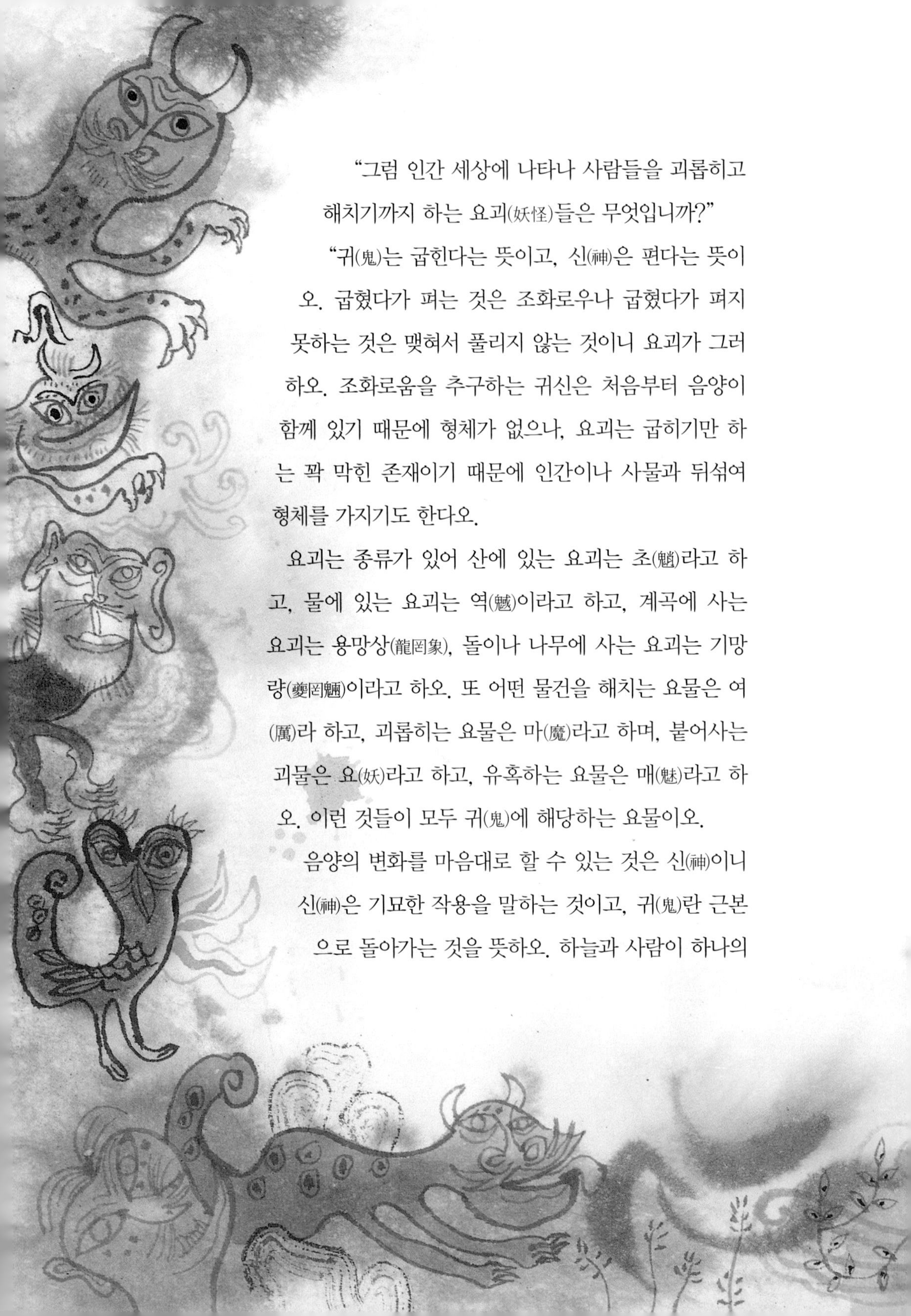

"그럼 인간 세상에 나타나 사람들을 괴롭히고 해치기까지 하는 요괴(妖怪)들은 무엇입니까?"

"귀(鬼)는 굽힌다는 뜻이고, 신(神)은 편다는 뜻이오. 굽혔다가 펴는 것은 조화로우나 굽혔다가 펴지 못하는 것은 맺혀서 풀리지 않는 것이니 요괴가 그러하오. 조화로움을 추구하는 귀신은 처음부터 음양이 함께 있기 때문에 형체가 없으나, 요괴는 굽히기만 하는 꽉 막힌 존재이기 때문에 인간이나 사물과 뒤섞여 형체를 가지기도 한다오.

요괴는 종류가 있어 산에 있는 요괴는 초(魈)라고 하고, 물에 있는 요괴는 역(魊)이라고 하고, 계곡에 사는 요괴는 용망상(龍罔象), 돌이나 나무에 사는 요괴는 기망량(夔罔魎)이라고 하오. 또 어떤 물건을 해치는 요물은 여(厲)라 하고, 괴롭히는 요물은 마(魔)라고 하며, 붙어사는 괴물은 요(妖)라고 하고, 유혹하는 요물은 매(魅)라고 하오. 이런 것들이 모두 귀(鬼)에 해당하는 요물이오.

음양의 변화를 마음대로 할 수 있는 것은 신(神)이니 신(神)은 기묘한 작용을 말하는 것이고, 귀(鬼)란 근본으로 돌아가는 것을 뜻하오. 하늘과 사람이 하나의

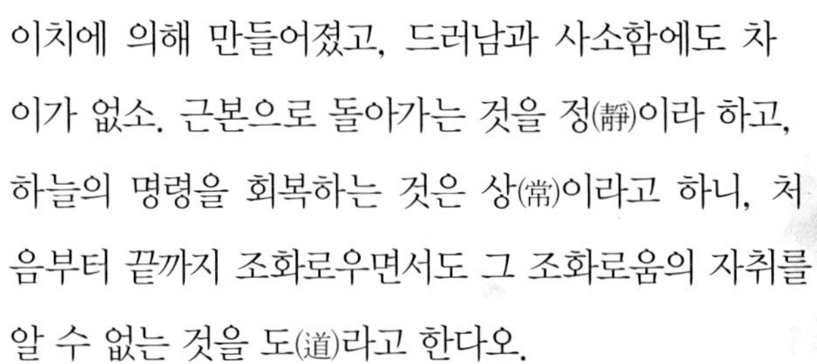

이치에 의해 만들어졌고, 드러남과 사소함에도 차이가 없소. 근본으로 돌아가는 것을 정(靜)이라 하고, 하늘의 명령을 회복하는 것은 상(常)이라고 하니, 처음부터 끝까지 조화로우면서도 그 조화로움의 자취를 알 수 없는 것을 도(道)라고 한다오.

그래서 공자가 《중용》에서 '귀신의 덕은 성대하다. 물체의 본체가 되어 하나도 빠트림이 없다.'라고 한 것이 아니겠소."

하나하나 설명을 들을수록 고개를 끄덕이게 만드는 말이었다. 그는 감탄하며 다시 왕에게 물었다.

"제가 일찍이 들으니 불교를 믿는 사람들은 하늘에 극락이 있고, 땅속에 지옥이 있다고 합니다. 또 명부에는 열 명의 왕이 있는데, 이들이 여덟 군데의 지옥으로 갈 죄인을 취조한다고 합니다. 정말 그러합니까?

또 사람이 죽은 지 칠 일이 지나 부처님께

• **명부**(冥府) 사람이 죽은 뒤에 심판을 받는 곳.

공양을 하고 제사를 지내고 정성을 다해 종이돈을 불태워서 대왕께 바치면 생전의 죄가 없어진다는데, 흉악한 사람이라도 왕께서 용서해 주시는지요?"

왕이 깜짝 놀라며 대답했다.

"그게 무슨 말씀이오? 나는 처음 듣는 말이오. 옛사람이 이런 말을 했소. '한번 음이 되고 다시 양이 되는 것을 도(道)라고 하고, 한번 열리고 한번 닫히는 것을 변(變)이라고 하고, 낳고 또 낳는 것을 역(易)이라고 하며, 거짓이 없는 것을 성(誠)이라고 한다.' 그런데 어떻게 하늘과 땅 밖에 또 다른 세상이 있겠소?

왕도 마찬가지요. 왕은 모든 백성이 따르고 의지한다는 뜻으로, 고대의 하(夏), 은(殷), 주(周) 이전에는 왕이라는 명칭밖에 없었소. 그런데 진시황이 중국을 통일한 뒤 자신의 덕이 고대의 신성한 왕들인 삼황오제보다 높다 하며 황제(黃帝)라 칭했소. 그 뒤부터는 왕이라는 호칭은 이름값이 떨어졌소.

세상에 왕이 하도 많아서 신의 세계도 그런 줄 알지만, 그렇지 않소. 명부에 어떻게 열 명의 왕이 있겠소. 하늘에 해가 둘 있을 수 없고, 나라에 왕이 둘 있을 수 없는 것이오. 인간 세상의 사람들이 죽은 영혼에게 제사를 지내고 종이돈을 불사르는 이유도 이해가 되지 않소. 선비께서 내게 아는 대로 일러 주시구려."

박 선비는 예의를 갖추기 위해 자리에서 일어나 몇 걸음 뒤로 물러난 뒤 옷깃을 여미고 왕에게 말했다.

"인간 세상에서는 사람이 죽은 뒤 49일이 되면 절에 가서 재를 올립니다. 부자는 돈을 많이 써서 재를 준비해 남에게 자랑을 하지요. 가난한 사람들은 논과 밭을 팔아서라도 재를 올릴 정도랍니다.

재를 지낼 때는 알록달록한 깃발을 준비하고, 비단을 오려 꽃까지 만들어 놓고 스님들을 부르고 불상을 모셔 주문을 외우니 꼭 새와 쥐가 재잘거리는 것 같습니다. 그런 자리에는 어찌나 사람들이 많이 모여드는지, 남자와 여자가 마구 뒤섞이고 똥오줌이 지천에 흥건하니, 세상이 꼭 변소처럼 더럽습니다. 또 명부의 왕들에게 온갖 음식을 바치고, 죄를 씻는다며 종이돈을 불태웁니다.

왕을 위한다는 자들이 이렇게 예의 없이 탐욕스럽기만 한데 이들의 소원이 이루어지겠습니까. 저는 매우 못마땅하여 숨이 막힐 듯 화가 나지만, 바로잡을 도리도 없고, 어디 하소연할 데도 없습니다. 이런 일들이 과연 옳은 것인지요?"

그의 말을 들은 왕은 고개를 절레절레 흔들며 대답했다.

"그 지경까지 되었소? 슬프오. 하늘은 사람들에게 태어날 때부터 어진 성품을 주었고, 땅은 곡식을 자라게 하여 이들을 살기 좋게 해 주었습니다. 왕은 법으로 다스리고, 스승은 도로 가르치고, 부모는 은혜와 사랑으로 길러 주니 삼강오륜이 있는 것 아니오? 이를 따르면 좋은 일이 생기고 거스르면 재앙이 닥치는 법인데, 이는 모두 자신이 어떻게 하느냐에 달렸소.

• **삼강오륜**(三綱五倫) 유교의 도덕에서 기본이 되는 세 가지 강령과 다섯 가지 도리. 군위신강, 부위자강, 부위부강과 부자유친, 군신유의, 부부유별, 장유유서, 붕우유신이다.

사람이 죽으면, 기운은 흩어지고 영혼은 하늘로 올라가고 몸은 땅에 묻힐 뿐인데, 어찌 다시 저승이라는 곳에 머무르리오. 한스럽게 죽은 영혼이 기운을 제대로 펴지 못해 죽은 곳에서 슬피 흐느껴 울거나 무당에게 제 사정을 털어놓는 경우가 있고, 다른 사람에게 의지해 원망을 하는 경우도 있지만, 이들도 결국은 모두 흩어져 사라지게 되어 있소. 천하의 이치가 이러한데 어찌 죽은 뒤에도 형체를 지녀 지옥의 벌을 받는 일이 있겠소? 사물의 이치를 조금만 깊이 생각해 보면 누구나 알 수 있을 것이오.

부처에게 재를 지내고 명부의 왕들에게 제사 지내는 것은 모두 허황된 일이오. 제사는 본래 깨끗하고 순수한 마음으로 지내야 하오. 그런데 세상에서 지내는 제사는 형식만 있고 마음이 없이 행해진다오. 부처는 깨끗함을, 왕은 존엄함을 지닌 존재인데 어찌 정결한 부처가 세속의 공양을 받으며, 존엄한 왕이 죄인의 뇌물을 받겠소? 게다가 저승에 사는 귀신이 인간 세상의 죄를 용서하다니, 있을 수 없는 일이오."

"사람이 죽으면 윤회한다는 말은 무슨 뜻인가요?"

"죽은 뒤 기운이 흩어지기 전까지는 윤회하는 것처럼 보일 것이오. 그러나 조금 지나면 기운이 흩어져 결국 없어지고 말 뿐이오."

왕의 말에 그는 고개를 갸우뚱거리며 물었다.

"그럼 왕께서는 왜 이런 곳에 와서 살고 계시며 왕이 되셨습니까?"

왕이 빙그레 웃으며 대답했다.

"나는 세상에 살 때 왕께 충성을 다하여 도둑을 토벌하고 세상의 나쁜 일을 없애는 데 힘써 일했다오. 그러나 세상에는 여전히 악이 존재했으므로 죽고 난 뒤 귀신이 되어서도 반드시 나쁜 무리들을 없애 버리겠다고 결심했소. 그 남은 의지와 충성이 다하지 않은 까닭으로 여기 와 왕 노릇을 하게 된 것이오.

이곳에서 나에게 지배를 받고 있는 사람들은 모두 전생에 나쁜 짓을 저지른 흉악한 무리이지만, 이곳에 살며 나의 통제를 받아 잘못된 마음을 바로잡게 될 것이오. 그러므로 정직한 마음으로 사리사욕을 없애지 않으면 이 땅의 왕 노릇을 단 하루도 할 수 없을 것이오.

내 일찍이 선생에 대해 듣기로, 인간 세상에서 정직하고 굳은 의지를 굽히지 않았으나 그 높은 뜻을 세상에 펴 볼 기회가 없었다고 하더이다. 진흙 속에 진주가 묻혀 있고 밝은 달이 깊은 못에 빠진 것 같으니 참으로 애석한 일이오.

나는 이제 기운이 다해 왕의 자리를 떠나야 하오. 박 선비도 곧 이승의 명이 다해 인간 세상을 떠나야 할 처지이니 내 자리를 이어받아 이 나라의 백성을 맡아 주지 않겠소?"

박 선비가 몇 번을 사양했지만, 왕은 거듭 부탁했다. 그는 결국 왕의 제안을 받아들일 수밖에 없었다. 왕은 수락해 준 것을 고마워하며 잔치를 베풀었다. 술을 서로 권하며 잔치를 즐기는 동안 두 사람은 나라가 흥하고 망한 역사에 대해 이야기를 나누었다. 이야기가 고려 건국에 이르자 왕은 여러 번 탄식하며 말했다.

"나라를 다스리는 사람이 폭력으로 백성을 위협해서는 안 되지요. 백성들이 복종하는 것 같지만, 그것은 단지 두려움 때문일 뿐이오. 속으로는 반역의 뜻을 품고 있다가 기회가 되면 역모를 일으키기 마련

아니겠소. 덕이 없는 사람이 힘으로 왕이 되어서도 아니 되오. 하늘이 비록 무심한 것 같으나 결국에는 어떤 식으로든 반드시 잘못을 벌줄 것이오.

하늘의 명은 참으로 엄하오. 나라는 백성의 것이고, 명은 하늘의 것이니, 천명이 왕을 버리고 백성의 마음이 왕을 떠나면, 그 왕은 자신을 아무리 보전하려고 해도 불가능할 것이오."

박 선비는 왕의 말에 이어서 역대 제왕들이 옳지 못한 일들을 믿다가 재앙을 당한 이야기를 했다. 그 말을 듣고 왕은 이마를 찡그리며 말했다.

"백성들이 임금의 덕을 칭송해도 홍수나 가뭄 같은 재앙이 일어나는 이유는 하늘이 임금에게 자만하지 말고 더욱 경계하라고 깨우쳐 주기 위한 것입니다. 백성들이 임금을 원망하는데도 나라에 좋은 일이 생기는 것은 그 임금을 더욱 방탕하게 만들려는 요괴의 술책입니다. 역사에서 왕들에게 징조가 나타난 후에 백성들이 편안했는지 원망에 빠졌는지를 살펴보면 알 것이오."

박 선비가 말했다.

"간사한 신하들이 마구 늘어나고, 큰 난리가 여러 차례 생겨도 임금이 백성을 위협해 다스리고 제 이름만 세상에 알려지기를 바란다면, 그런 나라가 어떻게 안정될 수가 있겠습니까?"

왕은 잠시 입을 다물고 있다가 길게 탄식하며 대답했다.

"선비의 말씀이 백번 옳소."

잔치가 끝나자 왕은 박 선비에게 왕의 자리를 물려주는 글을 지었다.

우리 염부주는 풍토병이 많은 척박한 땅이니 일찍이 삼황오제가 천하를 바로 잡았을 때도 그 다스림이 미치지 못했다. 붉은 구름이 해를 가리고, 짙은 안개는 허공에 가득하며, 목마르면 구리로 된 물을 마셔야 하고, 굶주리면 불에 말린 뜨거운 쇳덩어리를 먹어야 하는 곳이다.

야차나 나찰이 아니면 발붙일 곳이 없고 이매망량이 아니면 그 기운을 펼 수가 없는 곳이니, 불타는 성벽이 만 리나 되고 쇠로 된 산이 만 겹으로 둘러싸고 있다. 백성들은 성질이 억세고 사나워, 정직하지 않으면 제대로 판단하여 다스리지 못하고, 땅의 기세가 험악하니 신성한 위엄이 없으면 그 조화를 펼 수 없을 것이다.

동쪽 나라에서 온 박 아무개는 정직하고, 욕심도 없으며, 결단력이 있고, 포용력도 클 뿐 아니라 문장에 능하고 어리석은 자를 깨치는 능력이 있다. 그러므로 우리 나라 어리석은 백성이 믿고 의지할 수 있는 분임에 틀림이 없다.

선비께서는 우리 백성을 도덕과 예법으로 지도하고 깨닫게 하여 온 누리를 평화롭게 하시오. 하늘의 뜻에 따라 요임금이 순임금에게 왕위를 물려주었듯이 이제 나의 왕위를 전하니 선비는 삼가 이 자리를 받을지어다.

박 선비는 그 글을 공손히 받아 들고 두 번 절을 한 뒤 물러났다. 왕은 백성과 함께 축하하고, 예절을 갖추어 그를 배웅하며 말했다.

"머지않아 이곳으로 돌아올 것이니, 인간 세상에 가면 이번에 나와 나눈 이야기를 널리 알려 황당한 일들이 없어지게 하십시오."

박 선비는 고개 숙여 인사를 하며 대답했다.

"왕의 뜻을 반드시 세상에 널리 알리겠습니다."

그는 왕과 헤어진 뒤 문밖으로 나와 수레에 올랐다. 그런데 마침 그

때 수레를 끌던 사람이 발을 헛디뎌 수레가 기우뚱했다. 그 바람에 깜짝 놀라 깨어나니 모두가 꿈이었다.

박 선비가 정신을 차리고 주위를 살펴보니 책상 위에 책이 그대로 놓여 있고, 등잔불은 가물거리고 있었다. 그는 잠시 꿈속에 일어난 일을 생각하며 멍하게 있다가, 문득 깨달았다.

'내가 죽을 날이 멀지 않았구나.'

그는 차근차근 주변을 정리했다. 두어 달 뒤, 병이 났는데 의원을 부르지도 않았고, 그렇다고 무당을 불러 굿을 하지도 않았다.

그가 세상을 뜨던 날 저녁, 이웃 사람의 꿈에 신령스러운 이가 나타나 이런 말을 했다고 한다.

"네 이웃의 박 선비는 곧 염라국의 왕이 될 것이다."

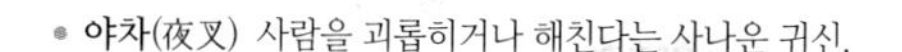

- **야차**(夜叉) 사람을 괴롭히거나 해친다는 사나운 귀신.
- **나찰**(羅刹) 사람을 잡아먹는 성질이 사납고 포악한 귀신.
- **이매망량**(魑魅魍魎) 온갖 도깨비.

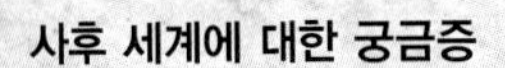

사후 세계에 대한 궁금증

저승, 그 문지방 너머 이야기

태어나고 죽는 것은 모든 인간의 운명입니다. 그렇지만 많은 사람이 죽음을 끝으로 여기지 않고 그 이후를 생각하지요. 우리 조상들도 죽고 난 뒤의 세상에 대해 여러 가지 상상을 펼쳤습니다. 옛사람들은 과연 저승을 어떤 곳으로 그렸을까요?

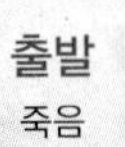

출발
죽음

7일 후
생전에 저지른
선악의 결산이
기록된 장부를 봄

세상으로 다시 돌아오기 위한 긴 여행

이름대로라면 천국(天國)은 하늘에, 지옥(地獄)은 땅속에 있어야 하겠지요? 그렇지만 우리 조상들은 죽음 이후의 세상을 아주 머나먼 곳으로만 생각했습니다. 죽음을 세상으로 환생하기 전에 거치는 긴 여행으로 여겨 죽은 이를 위한 신발도 마련하고, 노잣돈으로 종이돈을 태워 재를 올려 주기도 했답니다. 지금도 사람이 죽은 지 49일째 되는 날에는 재를 지내는 풍습이 전해지고 있지요.

14일 후
저승으로 가는
다리 건너기

염라대왕과 명부시왕

인도 신화에 따르면 염라대왕은 이 세상에서 맨 처음 죽은 자로, 스스로 저승길을 내고 개척하여 저승에서 사람들을 심판하는 신이 되었다고 합니다. 하지만 중국에서는 죽은 자의 죄를 공정하게 묻기 위해서 적어도 열 번의 심판이 필요하다고 생각했습니다. 그래서 열 명의 신인 명부시왕을 두어 각각 다른 날짜에 다른 방법으로 죽은 자를 심판한다고 합니다. 중국에서 염라대왕은 명부시왕 중 다섯 번째 왕으로 여겨집니다.

35일 후
업경대 앞에서
생전의 선업과
악업 비춰 보기

생전의 선업과 악업이 드러나는 거울인 업경대.

믿거나 말거나

이러한 민간 신앙은 우리 나라에도 전해졌습니다. 하지만 〈남염부주지〉의 염마왕은 "사람이 죽으면 기운은 흩어지고 영혼은 하늘로 올라가고 몸은 땅에 묻힐 뿐인데, 어찌 다시 저승이라는 곳에 머무르리오. 귀신이 있어서 귀신이 인간에게 복을 주거나 재앙을 주는 것이 아니오. 다만 인간들이 귀신이 있다고 생각하는 것뿐이오."라며 단호하게 말하지요. 과연 누구의 말이 맞는지는 저승에 가 본 사람만이 알겠지만, 저승은 살아서는 갈 수 없는 곳이니 답답할 노릇입니다.

용궁부연록

용궁 잔치에 가다

송도에는 높은 산이 하나 있는데 하늘에 닿을 듯 높은 데다가 봉우리가 뾰족하게 갈아 놓은 것 같아 천마산(天磨山)이라는 이름이 붙었다고 전해진다. 그 산속에 용추(龍湫)라는 이름의 연못이 있고 못물이 아래쪽으로 아득하게 떨어져 물보라를 일으키는데, 그 이름이 박연 폭포다. 연못의 물은 얼마나 깊은지, 아무도 그 깊이를 알 수가 없다고 한다.

박연 폭포는 떨어지는 물의 높이가 백 길이 넘는 데다 주변 경치도 매우 아름다워 송도에 온 나그네들은 반드시 이곳을 구경하곤 했다. 또한 연못 속에는 산신령이 산다는 전설이 있어 나라에서는 해마다 명절이 되면 큰 소나 돼지를 바치며 제사를 지냈다.

고려 때의 일이다. 송도에 성이 한씨인 선비가 살고 있었다. 아직 나이가 젊었지만, 글을 잘 짓고 책을 많이 읽어 그 이름이 나라 안에 자자했다. 어느 날 밤, 한 선비가 방 안에서 쉬고 있을 때였다. 갑자기 푸른 옷에 검은 모자를 쓴 관원 두 사람이 허공에서 훌쩍 내려와 뜰에 엎드렸다.

"박연 폭포에 있는 연못의 용왕님께서 선비님을 부르십니다."

한 선비는 깜짝 놀라 얼굴빛이 변했다.

"신과 인간은 사는 곳이 다른데 어떻게 서로 왕래를 할 수 있습니까? 용궁은 험한 물로 가려 있는데 인간이 어떻게 갈 수 있단 말이오?"

그의 말에 관원은 웃으며 대답했다.

"어디든지 갈 수 있는 날쌘 말을 밖에 준비해 두었습니다. 걱정하지 말고 함께 가시지요."

관원들은 허리를 굽혀 인사하고 그의 팔을 잡아끌며 채근했다. 한 선비가 어쩔 수 없이 밖으로 끌려 나와 보니, 금으로 만든 안장에 옥으로 된 재갈을 물린 말이 누런 비단 띠를 배에 두르고 대기하고 있었다. 말 겨드랑이 쪽에는 날개가 돋아 있었고 말 주위에는 시종 십여 명이 붉은 수건을 이마에 두르고 비단 바지를 입고 서 있었다.

"어서 말에 오르시지요."

관원이 그를 재촉했다. 한 선비가 말 위에 오르자마자 말은 천천히 움직이기 시작했다. 양산을 쓴 사람이 앞에 서서 길 안내를 맡았고, 악기를 부는 사람들과 기녀들이 뒤를 따랐다. 천천히 가던 말이 갑자기 속력을 내더니 곧 하늘로 날아오르기 시작했다.

내려다보니, 말발굽 아래로 구름이 뭉게뭉게 일어나고 어느새 땅은

보이지 않았다. 한참을 그렇게 달려 마침내 말이 용궁에 도착했다.

말에서 내린 한 선비는 사방을 둘러보았다. 으리으리한 용궁 건물 앞에는 문지기들이 창을 잡고 지켜 서 있었는데 자세히 보니 게, 새우, 자라 들이었다. 그들은 갑옷을 입고 있었는데, 눈이 한 치나 튀어나와 있어 보기에도 우스웠다.

"여기 앉아서 잠시 쉬시지요."

문지기들은 한 선비를 보자 의자를 내놓으며 앉도록 권했다. 미리 그를 기다리고 있었던 모양이었다. 관원 두 사람이 재빨리 궁궐 안으로 들어가더니, 얼마 뒤 푸른 옷을 입은 어린아이 두 명이 나와 한 선비를 안내했다. 그는 안내하는 대로 따라 들어가며 궁궐 여기저기를 둘러보았다. 제일 큰 건물에 함인지문(含仁之門)이라고 쓴 글씨가 보였다.

궁궐 안으로 들어서자 용왕이 그를 맞았다. 용왕은 머리에 관을 쓰고 허리에 칼을 찼으며 홀(笏)을 쥔 채 계단 아래까지 내려와 기다리고 있었다.

"어서 오시오. 자, 이리로 오르시오."

용왕은 그를 안내해 의자에 앉으라고 권했다. 수정궁의 백옥으로 만든 귀한 의자였다. 하지만 한 선비는 의자에 앉지 않고 용왕 앞에 꿇어앉으며 말했다.

"저는 풀이나 나무처럼 보잘것없는 평범한 사람인데 어떻게 용왕님 같이 높으신 분의 대접을 받을 수 있겠습니까?"

그의 말에 용왕이 인자한 미소를 띠며 대답했다.

"이미 오래 전부터 선비의 명성을 들어 알고 있으니 사양하지 말고 이리로 앉으시오."

용왕이 의자를 가리켰다. 그는 세 번을 사양했지만, 용왕은 그때마다 웃으며 앉으라고 했다. 그는 할 수 없이 용왕이 권하는 자리에 앉았다. 그러자 용왕도 다른 쪽에 놓인 의자에 앉았다. 용왕의 자리는 남쪽이었고, 그의 자리는 서쪽이었다. 용왕의 의자는 일곱 가지 진귀한 보석으로 만든 것이었다.

그때, 문지기가 와서 용왕에게 허리를 굽히며 말했다.

"손님들께서 오셨습니다."

그 말을 들은 용왕은 자리에서 일어나 문밖으로 나가서 손님들을 맞이했다. 손님은 모두 세 명이었다. 그들은 모두 붉은 도포를 입었으며, 울긋불긋 치장한 수레에서 내려 걸어 들어왔다. 호위하는 사람들도 여럿이었다. 그 규모나 차림새로 보아 어느 곳의 왕인 것 같았다. 용왕의 안내를 받은 세 사람은 천천히 궁궐 안으로 들어왔다.

한 선비는 얼른 자리에서 일어나 구석으로 가서 허리를 굽히고 섰다. 손님들이 모두 자리에 앉으면 그때 인사를 해야겠다는 생각이 들어서였다. 용왕은 세 손님에게 동쪽에 있는 자리를 권한 뒤 입을 열었다.

"마침 인간 세상에서 귀한 선비 한 분을 모셨소이다. 서먹서먹해 하지 마시고 서로 인사를 나누시지요. 선비님께서는 너무 어려워하지 마시고, 어서 자리에 앉으십시오."

그는 얼른 앞으로 나서서 허리를 굽혀 손님들에게 인사를 했다.

"이렇게 뵙게 되어서 영광입니다. 저는 인간 세상에서 온 그저 가난한 선비일 뿐입니다. 이렇게 고귀하신 신들과 같은 자리에 어떻게 함께 앉아 있을 수가 있겠습니까?"

그가 사양하자 세 손님이 말했다.

"선비는 인간 세계에서 왔고, 우리는 귀신 세계에 사는 존재들이니 깊은 관계야 없겠지요. 하지만 용왕님께서 초대하실 정도라면 분명 그대는 인간 세상에서 뛰어난 문장가일 겁니다. 사양하지 말고 자리에 앉으십시오."

손님들의 말끝에 용왕이 덧붙여 말했다.

"허허허, 모두들 편히 앉으십시오."

용왕의 말에 세 손님이 동시에 자리에 앉았다. 한 선비는 그래도 어려워 자리 앞에 무릎을 꿇고 앉았다.

"어서 자리에 앉으십시오."

하지만 용왕이 다시 권하는 바람에 그도 어쩔 수 없이 조심스레 자리에 앉았다. 모두들 자리를 잡자 용왕이 차를 한 잔씩 권한 뒤에 입을 열었다.

"내게 무남독녀 외동딸이 하나 있소. 나이가 차 이제 시집보낼 때가 되었지요. 그런데 보다시피 사는 곳이 누추하여 손님을 맞이할 집이나 사위를 맞이할 방이 마땅치 않았습니다.

생각 끝에 집을 한 채 짓기로 하고 먼저 가회각(佳會閣)이라고 이름을 붙였습니다. 목수도 모았고, 목재와 석재들도 다 준비되었는데, 어울리는 상량문을 짓지 못했습니다. 소문에 한 선비가 인간 세상에서 가장 뛰어난 글 솜씨를 지니고 있다고 해서 이렇게 모셔 온 것이라오. 그러니 부디 상량문을 한 편 지어 주시면 고맙겠소."

용왕이 말을 마치자 소년 두 명이 들어왔다. 한 명은 푸른빛이 감도는 옥 벼루와 소상강 대나무로 만든 붓을 들고 있었고, 다른 한 명은 얼음처럼 희게 빛나는 명주 한 폭을 받쳐 들고 있었다. 두 소년은 꿇

* **상량문**(上梁文) 집을 지을 때 대들보를 올리는 의식에서 읽는 글.

어앉아 조심스레 그의 앞에 물건들을 내려놓았다.

한 선비는 잠시 고개를 숙이고 생각에 잠겼다가 일어나 먹을 붓에 듬뿍 찍었다. 그러고는 힘찬 붓놀림으로 상량문을 써 내려갔다. 그의 글씨는 마치 구름과 연기가 피어나 서로 얽히는 듯 신비로우면서도 힘찼다.

가만히 생각하건대, 이 세상에서 가장 신령스러운 존재는 용왕이며 사람 사이에서 가장 중한 것은 배필이다. 용왕께서는 비를 내려 세상을 윤택하게 한 공이 있으니 어찌 복 받을 터전이 없으랴.

이리하여 새로 집을 지어 아름다운 이름을 높이 걸고 조개를 모아 벽을 바르고 수정과 산호로 기둥을 세우고 용의 뼈와 옥으로 대들보를 올렸다. 구슬로 엮은 발을 걷으면 산 빛이 푸르고 들창을 열면 골짜기의 구름이 흘러든다.

이 집에서 부부는 백 년을 해로하여 큰 복을 누리고 훌륭한 자손이 만대까지 번창하리라.

이 집은 바람과 구름의 변화를 돕고 만물의 조화를 도우니, 하늘에 오를 때나 못에 잠길 때나 용왕의 어지신 마음을 실어 그 덕이 세상 곳곳에 퍼지도록 할 것이다. 그 위엄이 하늘에 이르고 그 보살핌이 땅을 덮어 검은 거북이와 붉은 잉어는 춤추며 노래하고 나무귀신과 산도깨비도 앞다투어 칭송할지라.

노래 한 편을 지어 대들보에 새겨 건다.

대들보 동쪽을 보라.
붉은 산, 푸른 하늘을 이고 있다.
하룻밤 물가에 우렛소리 울리고

아득히 푸른 벼랑에 구슬 소리 들린다.

대들보 서쪽을 보라.
바위 아래 험한 길에 산새들 지저귄다.
맑은 용추 연못은 깊이를 알 수 없어
푸른 유리 한 이랑에 봄빛이 어린다.

대들보 남쪽을 보라.
십 리 넘는 소나무 숲에 안개가 자욱하다.
신령한 이 궁궐을 누가 있어 알겠는가?
푸른 거울 아래 그림자만 잠겼구나.

대들보 북쪽을 보라.
거울 같은 연못 위로 아침 햇살 떠오른다.
흰 비단 삼천 자가 하늘에 빗겼는가?
하늘 위의 은하수가 이곳에 떨어진 듯.

대들보 위를 보라.
하늘에 걸린 무지개 맨손으로도 잡을 듯하다.
동쪽 해 뜨는 곳 아득히 멀고 머니
인간 세상은 겨우 손바닥 같을 뿐.

대들보 아래를 보라.
봄 들판에 아지랑이 가물거리니

원컨대 신령스러운 물 한 방울
온 누리에 단비 되어 흩뿌려 주옵소서.

이 집 다 지은 뒤 혼례를 치르는 날, 세상의 모든 축복 이곳에 다 내리어 아름다운 이 궁궐에 좋은 일들은 구름처럼 피어나고, 봉황 수놓은 베개와 원앙금침에 즐거운 소리 가득하여, 그 덕이 세상에 퍼지고, 그 신령스러움 온 세상에 빛나게 해 주옵소서.

한 선비는 글을 다 쓰고 나서 조심스럽게 명주를 들고 용왕에게 다가가 바쳤다. 용왕은 글을 읽고 난 뒤 매우 흡족해 하며 세 손님들이 읽을 수 있도록 건네주었다.

그들도 역시 글을 보고 감탄하며 칭찬을 아끼지 않았다. 용왕은 한 선비에게 고마움의 표시로 큰 잔치를 베풀어 주었다. 잔치 자리에서 그는 용왕 앞에 꿇어앉으며 물었다.

"세 분 손님들의 성함을 알고 싶습니다."

용왕이 웃으며 대답했다.

"선비께서는 인간 세상에 살고 있으니 잘 모르실 테지요. 이 세 분은 모두 강의 신이라오. 이분은 임진강의 신이고, 이분은 한강의 신이며, 이분은 예성강의 신이오. 오늘 그대와 함께 즐거운 자리를 마련하기 위해 모셨으니, 어려워 마시고 즐겁게 노시구려."

용왕은 세 강의 신을 소개하고 술을 권했다. 어느 정도 술에 취하자 풍악이 울리기 시작했다. 음악에 맞춰 아가씨 십여 명이 앞으로 나왔다. 모두들 푸른 옷을 입고, 머리에는 구슬로 엮어 만든 꽃을 꽂고 있었다. 아가씨들은 음악에 맞춰 앞뒤로 왔다 갔다 하며 〈벽담곡(碧潭曲)〉이라는 노래를 부르며 춤을 추었다.

산은 푸르네, 연못은 깊네.
세찬 샘물은 은하수에 닿았네.
못 속의 임 계신 곳, 패옥 소리 울리네.
빛나는 위엄, 훤칠한 풍채
봉황새도 우짖는 좋은 날
고운 집에 좋은 일 가득 넘치네.
선비 모셔 받은 글 대들보에 걸고
술잔 돌리며 제비처럼 봄을 즐기네.
향로에 향기 가득, 솥에는 음식 가득
둥둥둥 북 울리고, 피리 불며 행진하네.
높으신 신들의 지극한 덕 빛나네.

아가씨들의 춤이 끝나자 이번에는 총각 십여 명이 나왔다. 그들은 왼손에는 피리를, 오른손에는 양산을 받쳐 들고 있었다. 그들은 서로 돌아보며 〈회풍곡(回風曲)〉을 불렀다.

칡넝쿨로 옷 해 입고 산기슭에 사는 그대
잔물결 비단처럼 반짝이는 저녁나절
바람 불어 귀밑머리 하늘하늘 흩날리네.

뭉게구름 일어날 때 옷자락 휘날리고
빙글빙글 춤을 추며 함박웃음 가득하네.
여울물 가에 옷 벗어 던지고
끼었던 가락지 모래밭에 내던지고
바라보니 이슬 젖은 잔디밭 너머
안개 낀 산, 우뚝 솟은 봉우리 아득하기만 하고
강가에는 푸른 물결 넘실넘실
징 소리에 취해 비틀비틀 춤추는데
강물처럼 많은 술, 언덕처럼 쌓인 고기
손님들 다 취했으니 새 노래로 기운 돋우세.
손 마주 잡고 손뼉 치며 흥겨워라.
옥 술병 속 술 싫도록 다 마시니
맑은 흥 다한 후에 절로 이는 이 슬픔이여.

노래가 끝나자 용왕은 기뻐하며 술잔을 씻어 낸 뒤 새 술을 가득 채워 한 선비에게 권했다. 그가 술잔을 받아 들자 용왕은 옥피리에 맞춰 〈수룡음(水龍吟)〉 한 곡을 불렀다.

음악 소리 울리고 술잔 도네.
기린 무늬 향로에서 향내 이네.
옥피리 소리 한 곡조에 구름도 스러지네.
물결 출렁이니 풍월도 흥겹네.
한가로운 경치에 인생은 덧없네.

애달파라, 세월은 화살처럼 빠르네.
풍류가 좋아도 물결처럼 흘러가네.
즐거움도 잠시뿐, 마음은 어지럽네.
서산의 저녁 안개 이미 다 사라졌네.
산 위에 보름달 두둥실 떠오르네.
술잔 높이 들고 달에게 물어보네.
인간 세상살이 몇 번이나 보았는가?
금 술잔에 술 가득 부어 취하도록 마셔 보네.
십 년 막힌 울화 한 점 없이 씻어 내네.
마음 하늘 오른 듯 유쾌하기 그지없네.

노래를 마친 용왕은 주위를 둘러보며 말했다.

"인간 세상에서 오신 손님을 위해 너희들이 용궁의 특별한 재주를 하나씩 보여 드려라."

그러자 곽 개사가 일어나 옆 걸음으로 걸어 나오며 말했다.

"저는 바위틈과 모래밭에 숨어 살지요. 바람이 맑은 팔월이면 동해 바닷가에서 배 속에 가득 든 벼 껍질을 뱉어 낸답니다. 또 하늘에 구름이 흩어지는 밤에는 나의 별인 거해성(巨蟹星)이 빛을 내지요. 제 속은 누렇고, 겉은 둥글고, 몸은 딱딱한 껍데기로 싸여 있고, 날카로운 발도 있습니다. 하지만 죽을 때는 손발이 모두 잘려 솥에 들어가지요.

• 곽 개사(郭介士) 게를 일컫는다.

저는 머리가 빠개져 죽어도 사람들에게 해가 되는 일은 하지 않습니다. 저의 맛은 장군의 얼굴을 기쁘게 하고, 저의 걸음은 부인네들을 웃음 짓게 합니다. 조(趙)나라 사람 왕륜은 미워하던 사람의 이름에 '게 해' 자가 들어간다고 해서 저를 몹시 싫어했지만, 송(宋)나라의 전비(錢昆)는 지방으로 출장 가서도 저를 잊지 못하고 찾을 정도로 좋아했습니다. 진(晉)나라 필이부(畢吏部)라는 사람은 저를 삶아 먹는 것을 좋아했고, 당(唐)나라 한진공(韓晋公)이라는 화가는 저를 잘 그려 이름을 널리 알렸습니다.

오늘 이렇게 좋은 자리에 오신 것을 축하하는 의미로 제가 다리 하나를 들고 춤을 추겠습니다."

곽 개사가 자기소개를 장황하게 하고 난 뒤, 갑옷을 입고 창을 든 채로 침을 흘리며 눈동자를 빙글빙글 돌리다가 집게 다리를 흔들며 춤을 추는데, 동료 수십 명이 함께 앞으로 나갔다 뒤로 돌아오며 팔

풍무(八風舞)라는 춤을 덩실덩실 추며 노래를 불렀다.

강이나 바닷속에 살아도 내 마음은 호랑이 같네.
이 몸 아홉 자에 이름도 열 가진데 무슨 벼슬인들 못하리.
용왕님 잔치에 기뻐하며 옆으로 걸어 나왔지.
깊은 연못에 혼자 살다 보니, 강나루 등불에도 놀라곤 했지.
눈에는 구슬을 달고, 손에는 창을 들었지.
깊은 물속 족속들은 나를 창자 없는 놈이라고 놀리지만
내 속은 군자처럼 덕이 꽉 차 있다네.
오늘 밤은 신선 나라 잔칫날이라
용왕님 노래에 손님들 모두 취했네.
황금으로 지은 집에 백옥으로 만든 상
술잔 돌리며 노래하니 음식과 음악이 질펀하네.
산속 도깨비도 춤추고, 물속 고기도 펄떡 뛰네.
우리 용왕님 깊은 은혜 세상 끝까지 퍼지겠네.

곽 개사가 사방으로 왔다 갔다 하며 춤을 추자 모두들 배를 움켜쥐고 웃느라 정신이 없었다. 곽 개사의 춤과 노래가 끝나자 얼른 앞으로 나오는 이가 있었다. 현 선생이었다. 그는 고개를 길게 빼고 꼬리를 끌며 눈을 뚱그렇게 뜨고 나와 사방을 둘러보며 말했다.

• **현 선생**(玄先生) 거북이를 일컫는다.

“대나무 숲 속에 몰래 숨어 있고, 연잎 아래서 놀 줄도 아는 저를 두고 친구들은 현 선생이라 부릅니다. 하(夏)나라 때는 글자를 등에 지고 낙수(洛水)에서 나와 우(禹)임금의 공을 세상에 알리기도 했습니다. 맑은 강물에서 놀다가 때때로 그물에 걸려 잡히기도 하지요. 제 배를 갈라 사람들을 몸보신시키기는 쉽지만, 등 껍데기만큼은 벗기기가 어렵습니다. 이렇게 딱딱한 껍데기에 검은 갑옷을 입고 있으니 힘센 장군과 비슷하지 않습니까?

노(魯)나라 장공(藏公)은 제 껍데기를 소중하게 여겼습니다. 진(秦)나라 노오(盧敖)는 바다에서 제 등을 타고 놀았으며, 진(晋)나라 모보(毛寶)는 저를 소중하게 여겨 기르다가 강물에 놓아주었답니다. 송나라 원군(元君)은 제 등 껍데기를 보고 점을 쳐서 공을 세웠지요.

저는 세상 사람들을 기쁘게 하는 보물이고, 앞날을 예측하는 예언자이기도 하지요. 오늘같이 즐거운 자리에 제가 어찌 노래를 불러 기쁨을 더하지 않을 수 있겠습니까?”

현 선생이 말을 마치고 난 뒤 길게 숨을 내뿜으니 그 기운이 실처럼 가늘게 이어져 백 자도 넘게 늘어났다. 또 숨을 들이마시니 입김의 자취가 사라졌다. 다음에는 목을 움츠려 몸속에 집어넣기도 하고, 길게 뻗어 머리를 좌우로 흔들기도 했다. 그러다가 앞으로 나와 구공(九功) 춤을 추며 노래를 흥얼거렸다.

산속 연못에 혼자 살았지.

숨 쉬기만 하며 수천 년을 살았네.

천년 후에는 내 몸에 오색 광채가 날거야.
꼬리도 열 개나 될걸.
진흙탕 속에서 꼬리를 흔들어도
무덤 속에 갇히긴 싫어.
불사약 없어도 오래 살 수 있지.
도덕을 몰라도 지혜가 넘쳐 나지.
천년 만에 좋은 임금을 만나
상서로운 징조를 드러냈고,
내 등에 숫자를 써
세상의 좋은 일, 나쁜 일 다 알려 주었네.
지혜가 많아도 곤경에 처할 때 있고,
재주 많아도 할 수 없는 일이 있는 법.
죽기 싫어 물고기들과 놀고
목 길게 빼며 잔칫집에 찾아왔네.
용왕님 은덕과 선비님 좋은 글
술 드리고 축하하니 즐거움도 끝이 없네.
북 치고 퉁소 부니 용들도 춤을 추네.

산도깨비 몰려들고 신령님도 다 오셨네.
용궁 뜰에서 웃고 놀며 춤을 추니
웃음소리 손뼉 소리 뜰 안에 왁자지껄
해 저물고 바람 불자 물결 일고 고기 뛰네.
좋은 오늘 언제 다시 올까 이 마음 아쉬워라.

현 선생은 노래를 마치고도 흥이 넘쳐 여전히 비틀거리며 춤을 추었다. 그 모습을 보고 모두들 또 배를 잡고 웃어 댔다.

현 선생이 들어가고 난 뒤, 숲 속 도깨비들과 산속 괴물들이 일어나 각자 재주를 뽐내기 시작했다. 어떤 놈은 휘파람을 불고, 어떤 놈은 노래를 불렀다. 춤을 추는 놈, 피리를 불며 날뛰는 놈 등, 노는 모양은 서로 달랐지만, 모두들 흥에 겨워 소리를 지르는 바람에 용궁이 떠나갈 것 같았다.

신령스런 용왕님, 못 속에 계시다가
어느 날 하늘에 올라 영원한 복 전하시네.
귀한 손님 모셨으니 그분들도 신선 같네.
쓰신 문장 옥 같으니 돌에 새겨 전하겠네.
선비님 떠나실 때 이 잔치 베풀었네.

채련곡 부르며 예쁜 춤도 덩실덩실
북소리 둥둥둥 거문고도 따라 우네.
배 저어라 소리치며 흥에 겨워 술 마시니
예절을 갖추고도 즐거움은 끝없어라.

노래가 끝난 뒤, 강의 신 세 명이 차례로 시를 지어 용왕에게 바쳤다.

먼저 임진강의 신이 시를 지었다.

강물 아득하게 푸른 바다로 흐르고,
그 물결에 가벼운 배 띄웠네.
구름 흩어지고 달은 물에 잠겼는데
밀물 이는 밤, 바람은 섬 가득 부네.
날씨 따뜻하니 물고기 펄떡이고
맑은 물살에 해오라기 나네.
출렁이는 물결처럼 슬픈 일도 많았지만,
오늘 저녁 잔치 자리 온갖 근심 사라졌네.

임진강 신의 낭송이 끝나자 한강의 신이 나서 시를 지어 낭송했다.

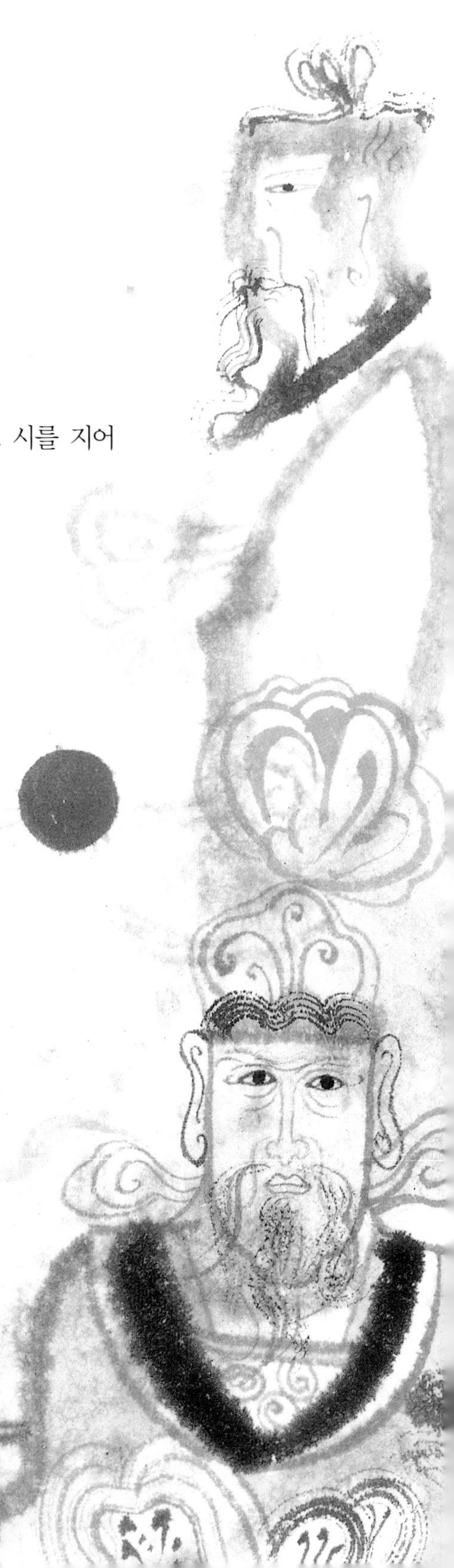

• **채련곡(採蓮曲)** 남녀 간의 사랑을 노래한 중국 남쪽 지방의 노래.

겹겹 활짝 핀 꽃 그림자 드리우고
온갖 음식에 흥겨운 가락
휘장 속에 노랫소리 울리고
주렴 저편에 고운 춤사위
신령스런 용왕님 한 자리 앉으시고
선비님 훌륭한 글 자리 더 빛내네.
긴 끈 가져다 지는 해를 잡아매고
봄날 한껏 취해 놀고 싶은 이 마음

다음은 예성강의 신이 시를 낭송했다.

춤사위에 날리는 고운 옷자락
대들보에 휘감기는 청아한 노래
외로운 날들이 그 몇 해던가.
오늘은 즐겁게 술잔을 부딪치세.
오랜 세월 뒤 누가 알런가,
바쁜 세월 속의 즐거움을.

용왕은 세 신에게 고개를 숙여 고마움을 표시하고, 한 선비에게도 시 한 편을 부탁했다. 한 선비는 사양하지 않고 즉석에서 긴 시 한 편을 지어 읽었다.

천마산 높은 봉에는 새들이 날고

숲길을 헤치며 냇물이 간다.
물속에 달 뜨고 그 아래는 용궁
용왕님의 은덕은 영원하리라.
자욱한 안개 사이 상서로운 바람
하느님 부부로 세상을 다스리시니
구름 타고 말달리며 애를 쓰셨네.
오늘은 대궐에서 잔치를 여니
찻잔에는 구름, 연잎엔 이슬
용왕님 위엄과 예법이 가득
물고기도 축하하고 신들도 오시니
용왕님의 은혜는 깊고도 깊다.
북소리에 꽃 피고, 술병엔 무지개
천녀는 피리 불고 서왕모는 거문고
백 번 절하고 술잔 올리며
용왕님 만수무강 세 번 외친다.
눈같이 흰 과일, 수정 같은 채소
산해진미 배부르고 은혜는 깊다.
신선의 기운 마시니 봉래산에 온 듯
즐거움의 끝은 이별이니
꿈만 같아라.

- **천녀**(天女) 하늘을 날아다니며 인간 세상과 왕래한다는 여자 선인(仙人).
- **서왕모**(西王母) 중국 신화에 나오는 불사약을 가진 선녀.

그의 시를 본 모든 이가 감탄하며 입에 침이 마르도록 칭찬했다. 용왕은 그에게 고맙다며 한마디를 덧붙였다.

"이 시를 금석에 새겨 대대손손 가보로 삼겠습니다."

그는 부끄러워하며 용왕에게 고개를 숙인 뒤 한 가지 부탁을 했다.

"용궁의 흥겨운 잔치에 불러 주셔서 정말 고맙습니다. 아직 궁궐을 구경하지 못했는데, 둘러보아도 될까요?"

"용궁 구경이요? 그게 뭐 어려운 일이겠습니까. 그렇게 하시지요."

용왕의 허락이 떨어지자 그는 잔치 자리에서 벗어나 궁궐 구경을 나섰다. 그러나 잔치 마당 밖으로 나와 바라보니, 궁궐 주위를 오색구름이 둘러싸고 있어 지척을 분간할 수 없었다.

용왕은 그런 사정을 알고 신하를 불러 구름을 없애도록 했다. 신하 한 명이 나와 뜰에 서더니 입을 모아 '후' 하고 바람을 일으켰다. 잠시 후, 오색구름이 걷히고 사방이 환하게 밝아졌다.

군데군데 서 있던 바위 벼랑들도 구름을 따라 멀찌감치 물러났다. 그러자 바둑판처럼 넓은 들판이 수십 리나 펼쳐졌다. 들판에는 아름다운 꽃과 나무가 가득했고, 바닥에는 금모래가 깔려 있었다. 주변에는 금으로 된 성이 서 있었는데, 성의 행랑과 뜰에는 푸른 유리벽을 놓아 빛과 그림자가 서로 어울려 눈이 부실 정도였다.

용왕이 신하 두 명을 불러 말했다.

"선비님을 잘 안내해 드리시오."

용왕의 명령을 받은 신하 둘이 양쪽에서 그를 안내하며 앞장섰다. 이곳저곳을 구경하고 다니던 그들은 높은 누각이 있는 곳에 이르렀는데 그곳에는 조원지루(朝元之樓)라는 현판이 붙어 있었다. 온통 유리로 된 누각은 구슬과 옥으로 장식돼 노랗고 파란 빛이 영롱하게 빛났다.

계단 열 개를 지나 누각에 오르니 마치 허공에 떠 있는 것처럼 사방이 확 트였다. 누각 위로 또 계단이 있어 더 올라가려 하자 신하가 가로막으며 말했다.

"더 이상은 올라가실 수 없습니다. 이 위에는 용왕님만 올라가실 수 있습니다. 저희들도 아직 가 본 적이 없습니다."

그가 보기에도 누각 위는 아득하게 가팔라서 올라갈 수 없을 것 같았다. 누각 구경을 한 뒤, 그들은 또 다른 누각으로 향했다. 능허지각(凌虛之閣)이라는 현판이 붙은 누각이었다. 한 선비가 물었다.

"이 누각은 무엇을 하는 곳인가요?"

"용왕님이 하늘에 조회하러 가실 때 옷을 갈아입는 곳입니다."

그는 궁금한 표정으로 다시 물었다.

"그럼 용왕님의 옷과 장신구들을 볼 수 있나요?"

신하들은 고개를 끄덕이더니 그를 누각의 한구석으로 안내했다. 거기에는 번쩍번쩍 빛이 나는 둥근 물건이 하나 놓여 있었다. 너무 광채가 나서 눈이 다 부실 정도였다.

"이 물건은 무엇인가요?"

그가 묻자 신하가 물건을 가리키며 대답했다.

• **금석(金石)** 쇠붙이와 돌이라는 뜻으로, 매우 굳고 단단한 것을 비유적으로 이르는 말.

"이것은 번개를 내리는 신의 거울입니다."

거울 옆에는 크고 작은 북이 여럿 놓여 있었다. 그가 북채를 들어 북을 치려 하자 신하들이 기겁을 하며 북채를 뺏었다.

"안 됩니다. 북을 쳐 소리를 내면 세상 모든 물건이 진동을 한답니다. 이것은 우레를 일으키는 신의 물건입니다."

그곳에는 풀무 같은 물건도 하나 놓여 있었다. 한 선비가 이 물건을 흔들려고 하자 역시 신하들이 말리며 말했다.

"이것을 흔들면 세상의 산과 바위가 다 무너져 내립니다. 큰 나무도 다 뽑혀 버리지요. 이것은 바람을 일으키는 신의 물건입니다."

풀무 옆에는 빗자루와 물독이 놓여 있었다. 그가 빗자루에 물을 적셔 뿌리려고 하자 신하들이 손을 내저으며 말했다.

"물을 뿌리면 산과 언덕이 물바다가 될 것입니다. 이것은 비를 내리는 신의 물건입니다."

물건들을 다 살펴본 그가 물었다.

"여기에 왜 구름을 일으키는 물건은 없습니까?"

"구름은 용왕의 신령한 힘으로 일어나는 것이지 어떤 도구로 만드는 것이 아니랍니다."

그가 다시 물었다.

"그렇다면 번개의 신, 우레의 신, 바람의 신, 비의 신은 다 어디에 있나요?"

"옥황상제께서 깊숙한 곳에 가두어 놓았답니다. 용왕님이 나오시면 그때서야 그들도 나와 집합을 하지요."

그 밖에도 여러 물건이 있었는데, 너무 많아 설명을 들어도 도저히 다 기억할 수 없었다. 긴 행랑이 삼십 리도 넘게 이어진 곳도 있었는데, 모두 용 모양으로 만든 자물쇠로 채워져 있었다.

"이곳은 어디인가요?"

"용왕님의 보석을 보관하는 곳입니다."

한 시간이 넘게 구경을 했지만, 용궁의 전부를 볼 수는 없었다. 지친 한 선비가 신하들에게 말했다.

"이제 그만 돌아가고 싶습니다."

신하들이 웃으며 대답했다.

"그렇게 하시지요."

그가 앞장서서 돌아가려고 했지만, 사방이 문들로 첩첩 막혀 있어 어디가 어디인지 알 수 없었다. 신하가 앞장서고서야 겨우 잔치가 있던 자리로 돌아올 수 있었다.

그를 보고 용왕이 빙그레 웃으며 물었다.

"좋은 구경이 되셨나요?"

한 선비는 허리를 굽혀 인사하며 말했다.

"용왕님 덕분에 신기한 곳을 잘 볼 수 있었습니다. 이제 그만 돌아가 봐야겠습니다."

"아니, 왜 좀 더 쉬다 가시지요."

● **풀무** 불을 피울 때에 바람을 일으키는 기구.

그가 작별의 말을 하자 용왕은 아쉬워하며 말렸다. 하지만 한 선비는 다시 용왕에게 두 번 절을 하며 그만 떠나겠다고 했다.

용왕은 산호로 만든 쟁반 위에 야광주 두 알과 눈처럼 흰 비단 두 필을 준비해 작별 선물로 주며 문밖까지 따라 나와 전송했다. 강물의 신 세 명도 함께 용왕에게 작별 인사를 하고 수레를 타고 떠났다.

용왕은 신하 두 명을 불러 무소의 뿔을 내주며, 한 선비를 잘 모셔다 드리라고 했다. 무소뿔은 산을 뚫고 물을 헤치며 앞으로 나갈 수 있는 도구였다. 안내를 맡은 신하 한 명이 그에게 말했다.

"제 등에 타고 잠시만 눈을 감고 계십시오."

그가 시키는 대로 하자, 다른 신하 한 명이 무소뿔을 들고 앞장섰다. 갑자기 몸이 공중으로 붕 뜨는 것 같더니, 귓가에는 바람 소리와 물소리가 그치지 않고 들려왔다.

얼마 뒤, 그 소리가 뚝 멈췄다. 한 선비가 눈을 떠 보니 어느새 자기 집 안방에 있는 것이 아닌가. 그는 멍한 느낌이 들어 뜰에 나와 하늘을 쳐다보았다. 하늘에는 별이 총총 떠 있고, 동쪽 하늘이 희끄무레 밝아 오고 있었다. 닭이 푸드덕거리며 홰를 치고 있는 것을 보니 새벽인 것 같았다.

그는 퍼뜩 용궁에서의 일이 기억나 품 안을 뒤져 보았다. 품속에는 야광주와 비단 두 필이 있었다. 그는 이 물건들을 상자에 넣어 소중히 보관하고 다른 사람에게는 절대 보여 주지 않았다.

용궁의 아득한 신비로움을 알고 난 뒤 한 선비는 속세의 명예나 이익 따위에는 관심을 두지 않고 이름난 산에 들어가 혼자 살았다. 아무도 그가 어디서 어떻게 살다 세상을 떠났는지 알지 못했다고 한다.

- **야광주(夜光珠)** 어두운 데서 빛을 내는 구슬.
- **무소뿔** 코뿔소의 뿔.
- **홰** 새장이나 닭장 속에 새나 닭이 올라앉게 가로질러 놓은 나무 막대.

전기 소설 열풍

《전등신화》와 《금오신화》

전기(傳奇)는 당나라 때 처음 쓰인 말입니다. 당나라 사람들은 기이한 이야기를 좋아했는데, 자신들이 보고 들은 기이한 이야기를 기록해 '전기'라고 불렀습니다. 중국뿐 아니라 우리 나라, 일본, 베트남에서도 이런 소설을 읽는 사람들이 많았는데 그 인기가 요즘의 〈해리포터〉 시리즈 만큼이나 대단했던 모양입니다. 그럼 전기 소설의 열풍 속으로 한번 들어가 볼까요?

소설의 역사를 시작한 전기 소설

소설이라는 갈래가 생겨난 것은 생각보다 오래되지 않았습니다. 게다가 옛사람들은 '소설(小說)'이라고 하면 '역사'에 반대되는 하찮고 믿기 어려운 이야기라고 여겨 예술 작품으로 인정하지 않았습니다. 하지만 전기 소설이 유행하면서 편견은 깨지고 대중에게 사랑 받는 소설의 역사가 새로이 시작되었습니다. 왕궁 사람들과 사대부 문인부터 승려, 하층 관리와 서민까지 전기 소설을 애독했습니다. 사람들은 소설을 통해 재미뿐 아니라 권선징악과 인과응보의 교훈을 얻었지요. 더 나아가 전기 소설을 글쓰기 교본, 과거 시험 학습서, 서류 작성의 지침으로도 활용했습니다. 이렇게 전기 소설은 소설의 역사를 열었으며 그 후로 소설은 현대까지 생명력을 발산하고 있습니다.

梅月堂金鰲新話
坡平後學尹 春年 編輯
萬福寺摴蒲記
南原有梁生者早喪父母未有妻室獨居萬福
寺之東房外有梨花一株方春盛開如瓊樹銀
堆生每月夜逡巡朗吟其下詩曰
一樹梨花伴寂寥可憐辜負月明宵青年獨
臥孤窓畔何處玉人吹鳳簫
翡翠孤飛不作雙鴛鴦失侶浴晴江誰家有
約敲碁子夜卜燈花愁倚窓

東方向明鷄三鳴而更五點矣急探其懷而視
之則珠綃在焉生藏之巾箱以爲至寶不肯示
人其後生不以利名爲懐入名山不知所終
書甲集後
矮屋青氈暖有餘滿窓梅影月明初挑燈永
夜焚香坐閑著人間不見書
玉堂揮翰已無心端坐松窓夜正深香罐銅
瓶烏几淨風流奇話細搜尋
自居金鰲不愛遊遊因之中寒疾病相連但
優遊海濱放曠郊廛探梅問竹常以吟醉自

연산군도 즐겨 읽은 《전등신화》

전기 소설 중 가장 잘 알려진 것이 중국 명나라 때 구우가 쓴 《전등신화》입니다. '전등(剪燈)'에는 등불을 켜 놓고 재미난 이야기를 밤늦도록 읽다가 등불의 심지가 다 타서 불이 가물거리고 희미해지면 심지를 다시 돋우고 그 끝을 잘라 불빛을 밝힌다는 뜻이 담겨 있습니다. 또한 '신화(新話)'란 새로운 이야기란 뜻이지요. 제목처럼 《전등신화》라는 책이 얼마나 재미있었는지 조선 최고의 폭군 연산군도 무척 좋아했다고 전해지고 있습니다. 《조선왕조실록》에 따르면 연산군은 《전등신화》에 푹 빠져, 이야기에 나오는 시구를 외면서 이 책이 간행된 과정까지 신하에게 설명해 주었다고 합니다. 《전등신화》는 당시의 계층적 질곡과 윤리적인 억압에서 벗어나 개방된 세계를 동경하는 사람들의 호기심도 충족해 주며 인기를 끌었습니다.

청출어람, 《금오신화》

김시습도 《전등신화》를 읽고 《금오신화》를 지었다고 합니다. 《금오신화》는 《전등신화》의 패러디인 셈이지요. 하지만 《금오신화》는 《전등신화》보다 오히려 더 높은 평가를 받았습니다. 중종 때의 어숙권은 《금오신화》가 《전등신화》를 답습했지만 주제와 표현이 그보다 낫다고 감탄했습니다. 《금오신화》의 판본은 우리 나라에서는 전해지지 않고 있다가 1884년 일본에서 출판되었는데, 일본 사람들 또한 "《금오신화》가 《전등신화》보다 앞설지언정 모자라지 않는다." 하고 높이 평가했습니다. 몇 해 전 중국에서 임진왜란 이전에 창작된 《금오신화》의 판본이 발견된 것으로 보아 중국 사람들도 《금오신화》를 즐겨 읽었음이 확인되었습니다. 가장 한국적인 것이 세계적이라는 말은 《금오신화》를 두고 이른 말 같군요.

깊이 읽기

세상을 등진 자의 꿈

함께 읽기

신들의 세계에 초대 받는다면?

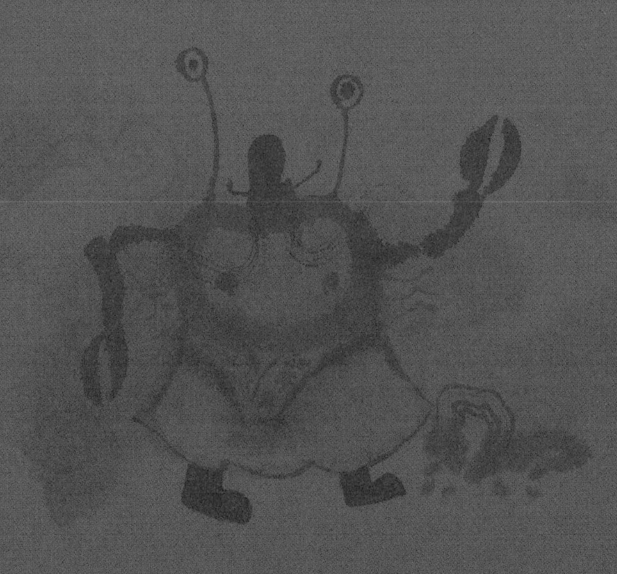

깊이 읽기

세상을 등진 자의 꿈

◎ 다섯 살 신동의 깨어진 꿈

한 소년이 마당에서 뚫어져라 마루를 바라보고 있었습니다. 마루에서는 소년의 유모가 맷돌질을 하는 중이었지요. 보리를 갈고 있었는데, 맷돌 입에 보리를 넣으면, 갈린 보릿가루가 맷돌의 윗돌과 아랫돌 사이로 곱게 갈려 우수수 떨어졌습니다.

그 광경을 곰곰 지켜보던 소년이 무슨 말인가를 종알거렸습니다. 아직 발음조차 정확하지 않은 어린아이가 내뱉은 것은 한시였습니다.

> 비도 오지 않는데 어느 곳에서 우렛소리 울리나(無雨雷聲何處動).
> 누런 구름 조각조각 사방으로 흩어지네(黃雲片片四方分).

겨우 서너 살이나 되었을까 싶은 아이가 지은 그 한시는 사람들의 입을 타고 널리 퍼졌습니다. 아이는 그 밖에도 여러 한시를 틈틈이 짓곤 했는데, 모두들 아이의 재능에 감탄했지요.

아이는 다섯 살에 온갖 유교 경전을 읽고, 시를 지었습니다. 당시 임금인 세종이 그 소문을 듣고, 아이를 불러 시를 짓게 하고는 재주에 감탄하며 비단을 상으로 주었답니다.

세종은 내심 무겁고 긴 비단을 겨우 다섯 살 난 아이가 어떻게 가져갈 것인가 궁금했습니다. 그런데 아이는 비단을 받아, 한 끝을 제 허리에 묶고 갔지요. 긴 비단을 끌며 대궐을 나서는 기지에 감탄한 세종이 아이에게 "장차 너를 크게 중용하겠다." 했고, 그 뒤 이 아이의 별명은 '오세 신동'이 되었다고 합니다. 이 일화의 주인공인 오세 신동이 바로 김시습(金時習, 1435~1493)입니다.

김시습은 세종 17년(1435)에 서울 성균관 근처의 반궁리(泮宮里)에서 태어났습니다. 어려서부터 재주가 총명하고 남달라, 인근에 소문이 사사했습니다. 태어난 지 여덟 달이 되었을 때부터 글자를 깨쳤으며, 외할아버지에게서 《천자문》을 배웠습니다. 그의 이름 시습은 《논어》의 학이(學而) 편에 나오는 "학이시습지, 불역열호(學而時習之 不亦說乎, 배우고 때로 익히면 또한 기쁘지 아니한가.)"에서 따왔다고 합니다.

그러나 세상은 세종이나 아이의 기대대로 흘러가지 않았습니다. 세종이 죽고, 이어 즉위한 문종이 얼마 안 돼 세상을 뜨자 어린 단종이 왕위에 오릅니다. 이때 단종의 숙부였던 수양 대군이 단종을 영월로 쫓아내고 왕위를 차지하니, 그가 곧 세조입니다. 세조의 왕위 찬탈은 조선 초의 세력 다툼이 빚어낸 사건이었습니다.

문종이 죽고 열두 살의 어린 단종이 즉위하자, 이미 선대부터 세력을 불려 오던 수양 대군 일파가 왕권을 장악하려는 야욕을 점점 노골적으로 드러냅니다. 수양 대군을 지지하는 사람들은 한명회, 권람, 홍달손 등이었습니다. 문종으로부터 단종으로 이어지는, 선왕의 뜻을 받드는 신하들을 고명대신이라고 하는데 김종서, 황보인 등이 여기에 속했습니다.

수양 대군파와 고명대신파의 갈등과 싸움이 점점 심해지자, 힘에서 밀린 고명대신파가 안평 대군을 자신들의 세력으로 끌어들입니다. 그러자 수양 대군파는 안평 대군을 왕으로 추대하려 했다는 역모의 혐의를 씌워 안평 대군을 죽이고 고명대신파를 무력으로 제거합니다. 이 사건이 바로 1453년 10월 10일 일어난 계유정란입니다. 이로부터 2년 뒤인 1455년, 단종을 왕위에서 쫓아내고 세조가 왕위에 오르면서, 정권은 세조 중심의 수양 대군파에 넘어가게 됩니다.

세조가 왕위를 강제로 빼앗던 때, 스물한 살의 청년 장부로 자란 김시습은 마침 삼각산에서 공부 중이었습니다. 그는 세조의 왕위 찬탈 소식을 듣고, 사흘 동안 통곡했다고 합니다. 그러고는 보던 책들을 모두 불태워 버린 뒤 머리를 깎고 중이 되었습니다. 이후 그는 나라 안 곳곳을 떠돌며, 시를 짓고 소설을 쓰며 평생 방랑의 삶을 살았습니다.

김시습은 성종 2년인 서른일곱 살 때 잠시 서울로 돌아와 살기도 했고, 마흔일곱 살에는 세속으로 돌아와 재혼을 하기도 했습니다. 하지만 그것도 잠시, 그는 다시 산에 들어가 설악산을 비롯한 관동 지역을 돌아다니며 방랑 생활을 계속하다 1493년에 무량사에서 삶을 마감합니다.

김시습은 평생 벼슬자리에 나가지 않았음에도 불구하고, 당대의 가장 뛰어난 문사이자 사상가였습니다. 그는 우리나라 최초의 한문 소설인 《금오신화》를 쓰고 수많은 시를 지어 자신의 생각을 문학적으로 드러냈습니다. 그는 유학자인 동시에 스님으로 살아가며 유교와 불교를 아우르는 철학을 펼치기도 했습니다. 유교 철학에 바탕을 두고 불교와 도교를 아우르는 그의 사상은 무척 독창적인 것이었지요. 또한 평생 산천을 떠돌며 숱한 여행기와 여행 시를 쓰면서, 핍박 받고 고통 받는 백성들의 삶을 이해하고, 그 어려움을 세상에 알리는 역할도 담당했습니다.

안정된 인생 대신 방랑의 삶을 선택했던 시인이자 소설가, 그리고 위대한 철학 사상가였던 김시습은 자신의 인생을 이렇게 한마디로 요약했습니다.

> 백 년 뒤 내 무덤에(百歲標余壙)
> 꿈꾸다 죽은 늙은이라고 써 주오(當書夢死老).

평생 자신이 바라던 세상에 대한 꿈을 잃지 않고 올곧게 지켜 낸 사람, 현실과의 갈등 속에서 자신이 지향해야 할 길을 한순간도 놓지 않았던 김시습. 그의 삶이야말로 사회 밖에서 사회를 비판하고 자신의 신념을 지켜 가는 방외인(方外人)의 전형적인 모습이라 할 수 있습니다.

김시습이 방외인으로서의 삶을 선택한 직접적인 계기는 조카를 죽이고 왕위에 오른 세조의 비윤리적인 왕위 찬탈이었을 것입니다. 하지만 일생 전반을 통해 보았을 때, 그의 삶은 중세라는 시대적 체제에 맞서 선지자다운 정신으로 일구어 낸 결과라고 할 수 있습니다. 그래서 김시습은 조선 시대의 위대한 인물에 그치지 않고, 시대를

초월한 선지자요, 위대한 문학자로 남을 수 있게 된 것입니다. 어려서는 신동이라는 칭찬을 들으며 왕에게 장래를 약속 받았던 사나이, 그러나 세상일이 자신의 뜻 같지 않아 온갖 풍파에 자신을 내맡기고 방랑의 일생을 살았던 매월당 김시습, 그의 삶은 그의 이야기 속에도 잘 녹아들어 있습니다.

◉ 최초의 한문 소설 《금오신화》

김시습은 평생 동안 우리나라의 이곳저곳을 방랑하며 숱한 글을 남겼습니다. 특히 그의 시 가운데에는 자신의 삶과 자연을 연관지어 쓸쓸한 심정을 담아낸 것이 많습니다. 또한 세상에 대한 비판과 반감을 거침없이 드러낸 작품도 있지요.

그러나 김시습의 문학적 진면목을 가장 잘 보여 주는 작품은 역시 《금오신화》입니다. 《금오신화》는 그가 서른한 살 때, 경주 금오산 자락 용장사에 거처를 정하고 쓴 작품입니다. 지금 그 일부분만이 전해지는데, 전해지는 작품은 〈만복사저포기(萬福寺樗蒲記)〉, 〈이생규장전(李生窺墻傳)〉, 〈취유부벽정기(醉遊浮碧亭記)〉, 〈남염부주지(南炎浮洲志)〉, 〈용궁부연록(龍宮赴宴錄)〉 이렇게 다섯 편입니다.

〈만복사저포기〉는 남원의 만복사에서 벌어진 일에 대한 이야기입니다. 노총각인 양 선비는 절에서 부처와 저포 놀이를 하여 이깁니다. 내기였으므로 그는 부처에게 결혼할 여자를 점지해 줄 것을 요구했지요. 한동안 기다리자 한 여인이 나타나 그와 부부의 인연을 맺습니다. 양 선비는 여인으로부터 정표로 은그릇 하나를 받았지요. 이들은 다음 날 보련사 잔치 자리에서 서로 만나기로 하고 헤어집니다. 이튿날 양 선비가 보련사에 가 보니, 그날은 왜구에게 죽임을 당한 여인에게 제를 올리는 날이었지요. 잠시 후 나타난 여인은 양 선비와 식사를 하고는 저승으로 돌아간다며 사라졌습니다. 그 뒤 양 선비는 평생 결혼하지 않고, 여인을 생각하며 지리산에 들어가 살았습니다.

〈이생규장전〉은 송도에 살던 이 선비의 이야기입니다. 이 선비는 공부하러 오가는 길에 큰 부잣집의 담 안을 들여다보다 최 규수를 알게 됩니다. 그는 사랑하는 마음을 시에 담아 담장 안으로 들여보내지요. 최 규수 역시 이 선비를 사랑하게 됩니다. 이 선비가 둘의 만남이 발각될까 걱정하자 최 규수는 자신이 책임을 지겠다며 적극성을 보입니다. 매일 밤마다 사랑을 속삭이던 두 사람은 결국 이 선비 아버지의 의심을 삽니다. 그 후 이 선비는 영남의 시골로 쫓겨 가지요. 홀로 남은 최 규수는 상사병이 나고 맙니다. 다행히 딸의 상자 속에서 이 선비와 주고받은 시를 발견한 최 규수의 부모는 여러 차례 중매쟁이를 보내 이 선비 집에 청혼을 합니다. 결국 이 선비와 최 규수는 결혼을 하지요.

행복한 생활도 잠시, 홍건적의 난이 일어나 최 규수는 죽임을 당하고 맙니다. 난이 끝난 뒤 낡을 대로 낡아 버린 집에 돌아와 허탈해 하는 이 선비 앞에 최 규수가 나타납니다. 하지만 최 규수는 이승의 인연을 못 잊어 돌아온 귀신의 몸이었지요. 이 선비는 기뻐하며 최 규수와 행복한 삶을 꾸려 갑니다. 벼슬에 나가지 않고 친지의 방문도 사양하고, 둘만의 시간을 보내지요. 그러던 어느 날, 최 규수는 이승의 인연이 다했음을 알리고 사라집니다. 이 선비는 산골에 버려진 아내의 뼈를 수습하여 장례를 지내고 얼마 후 죽고 맙니다.

〈만복사저포기〉나 〈이생규장전〉은 모두 귀신과 결혼하는 이야기입니다. 〈이생규장전〉의 앞부분에서는 살아 있는 최 규수와의 사랑이 그려지지만, 후반부는 죽은 아내와 다시 사는 이야기이지요. 이처럼 죽은 사람과 사랑을 나누는 이야기를 명혼 소설(冥婚小說)이라고 합니다.

김시습이 명혼 소설을 쓸 수 있었던 것은 이미 우리 설화에 인간이 아닌 여성과의 사랑을 다룬 이야기들이 있었기 때문입니다. 즉 이 두 소설은 우리의 명혼 설화에 영향을 받아 창작된 것이라 할 수 있습니다. 이처럼 김시습 소설은 우리 설화가 소설로 이어지는 지점에 자리 잡고 있습니다.

〈남염부주지〉는 박 선비가 꿈속에 남쪽 염부주에 가서 염라대왕과 불교와 유학에 대한 생각을 나누는 이야기입니다. 〈용궁부연록〉도 한 선비가 용왕의 초청으로 용궁에 가서 구경을 하고 나오는 이야기이지요. 두 작품은 모두 주인공이 꿈속에서 겪은 일을 다룹니다. 이런 작품을 몽유 소설(夢遊小說)이라고 하는데 이 역시 몽유 설화를 바탕으로 창작된 것입니다. 이들 작품 또한 설화 문학과 소설 문학의 관계를 잘 보여 주지요.

설화는 입에서 입으로 전해지는 이야기입니다. 이를 구비 문학이라고 하는데, 기록되지 않고 구전되기 때문에 이야기가 단순하고 구성이 복잡하지 않은 것이 특징입니다. 반면 소설은 작가가 만들어 낸 이야기이기 때문에 설화보다는 이야기의 구성이 복잡하고, 인물이나 배경이 개성적이고 치밀하지요. 김시습의 소설은 그때까지 구전되어 오던 설화를 한 단계 뛰어넘은 것이었습니다. 이야기의 구성이나 인물의 성격이 소설적인 특징을 더욱 강하게 보여 주고 있기 때문에, 우리는 《금오신화》를 소설의 출발이라고 보는 것입니다.

이처럼 《금오신화》는 우리나라 최초의 한문 소설이라는 점에서 문학사적 의의를 지닙니다. 아울러 설화 문학과 소설 문학의 긴밀한 관계를 잘 보여 주고 있습니다.

특히 《금오신화》는 후대 서포 김만중의 《구운몽(九雲夢)》 같은 소설로 이어져 남녀 간의 애정을 다룬 애정 소설들과도 맥이 닿아 있다는 점에서 그 문학사적 의의를 찾을 수 있습니다. 이처럼 《금오신화》는 우리 소설 문학의 발전 과정에서 중요한 자리를 차지하고 있는 것입니다.

방외인으로서의 김시습

김시습이 《금오신화》를 쓴 곳은 경주 금오산 용장사입니다. 지금은 절터만이 남아 있고, 닥나무들만 울창한 곳이지요. 한때 세종의 눈에 띌 정도로 장래를 촉망 받던 김시습이 세조의 왕위 찬탈만을 이유로 평생 벼슬에 나가지 않고 방랑의 삶을 살았다고 보는 것은 무리가 있습니다. 그렇다면 김시습이 선택한 삶의 배경에는 어떤 시대적 상황이 자리했을까요?

김시습이 살았던 시대는 15세기 후반입니다. 이 시기에 세조가 단종의 왕위를 찬탈

하는 사건이 일어납니다. 이는 유교의 명분론을 정면으로 위반한 사건이었지요. 명분이 없는 정권에 대한 반대, 이것이 김시습의 삶에 중요한 영향을 끼칩니다. 이는 단순히 세종의 신임을 받았던 개인적 차원의 문제가 아니라, 당대의 사회적 체제와 철학에 관련된 문제였지요.

아울러 이 시기에는 조선 건국에 공훈을 세워 부를 세습하게 된 훈구 세력이 권력을 남용하고 과전법 체제가 붕괴되어 훈구 귀족의 대토지 소유가 남발했습니다. 따라서 일반 민중은 농지를 빼앗기고 노비로 전락하거나 유민이 되어 떠돌았지요.

상황이 이런데도 학자들 대부분은 현실에 안주하거나 그럴듯한 글솜씨만 뽐내고 있었습니다. 그저 벼슬자리나 얻어 일신의 평안만 누리다가, 수가 틀려 벼슬자리에서 물러나게 되면 시골로 들어가 자연에 묻혀 산림처사(山林處士)로 사는 것이 조선 시대 학자와 문인 들의 삶이었습니다.

그러나 김시습은 이러한 삶을 선택하지 않았습니다. 그는 수양 대군의 왕위 찬탈에 저항하여 벼슬길을 버린 채 입산해 버렸고, 관료들의 농민 수탈에 비분강개했습니다.

큰 쥐야! 큰 쥐야!
내 마당의 곡식 먹지 마라
삼 년을 이미 너와 사귀었는데
나를 돌봐 주지 않으면
네 땅을 떠나 버릴 테다.

이 시는 관료와 지배층의 탐욕을 큰 쥐로 비유해 비판하며, 자신의 삶의 터전을 떠나 버리겠다는 저항적 자세를 보여 줍니다. 실제로 김시습은 탐욕스러운 인물이 정승에 임용되자 사흘을 통곡하며 "우리 백성이 무슨 죄가 있나. 이 따위 사람이 임무를 맡다니!" 하고 소리쳤다고 합니다.

물론 그 역시 봉건 시대의 한계를 전면적으로 극복하지 못한 채, 현실에 참여하지 않으며 개인적 고독에 머물렀습니다. 하지만 그의 이런 방외인적 삶은 문학과 현실의 영원한 상관관계를 잘 보여 줍니다. 그의 삶은 후대의 임제나 허균 등으로 이어지며 방외인 문학자의 큰 지류를 형성했다는 점에서, 역사에 굵은 획으로 자리했음을 알 수 있습니다.

함께 읽기

신들의 세계에 초대 받는다면?

- 김시습이 펼쳐 놓은 다섯 가지 이야기의 주요 사건들을 떠올려 보고, 인상 깊었던 장면을 중심으로 작품의 새로운 제목을 만들어 봅시다.

- 다섯 가지 이야기를 인물, 사건, 배경 중심으로 정리해 보고 이 이야기들의 공통점을 이야기해 봅시다.

- 《금오신화》의 주인공들은 일상적인 경험의 세계를 넘어선 신비로운 상황이나 사건을 겪은 후에 모두 세상을 등집니다. 각 작품의 주인공들은 죽음에 대해 어떤 태도를 갖고 있는지 생각해 보고 여러분이 죽음에 대해 어떤 생각을 가지고 있는지도 이야기해 봅시다.

- 《금오신화》에는 많은 시가 실려 있습니다. 소설의 주인공들은 마치 일상생활의 하나로 시 짓기를 하는 것처럼 보일 정도입니다. 그렇다면 여러분도 시 짓기를 그렇게 어렵게 생각할 필요는 없을 것 같습니다. 대중가요 한 곡을 정해 그 노랫말을 바꾸어 친구들에게 '나'를 소개하는 시를 지어 봅시다.

- 〈용궁부연록〉의 한 선비와 〈남염부주지〉의 박 선비는 그 누구도 가 보지 못한 용궁과 염부주에 각각 다녀왔습니다. 그곳에서 한 선비와 박 선비는 그동안 자신들이 알고 싶었던 사실을 용왕과 염마왕에게 물어보지요. 하지만 그들은 인간 세계로 돌아와서 자신들이 알게 된 사실을 사람들에게 알리지 않고 세상을 등져 버립니다. 만약 우리가 용궁이나 염부주에 가서 용왕과 염마왕을 만난다면, 어떤 궁금점을 묻고 세상 사람들에게 알려 주고 싶은지 인터뷰를 준비해 봅시다. 또 인터넷과 책을 찾아 답을 마련해 봅시다.

- 《금오신화》에는 인간이 아닌 존재가 많이 등장합니다. 여자 귀신이나 선녀, 용왕과 염마왕 등은 모두 이 세상 사람들이 아닙니다. 흔히 우리는 사람이 아니면서 사람의 형용을 한 존재를 귀신이라고 하는데, 귀신의 존재에 대한 호기심은 동서양을 가리지 않고 끊이지 않고 있습니다. 우리 나라와 가까운 중국이나 일본의 귀신, 혹은 멀리 서양의 귀신에 대해 조사해 봅시다.

참고 문헌

기유메트 앙드뢰·파트리시아 리고·클로드 트로네커, 옥승혜 옮김, 《고대 이집트》, 창해, 2000.

김의식, 《탱화》, 운주사, 2005.

김종대, 《저기 도깨비가 간다》, 다른세상, 2000.

사나소, 《저승, 그곳 문지방 넘나드는 이야기》, 이론과실천, 2002.

알렉스 쉬어러, 이재경 옮김, 《푸른 하늘 저편》, 미래인, 2013.

이기선, 《지옥도》, 대원사, 1992.

이대형, 《금오신화연구》, 보고사, 2003.

이병혁, 《전등신화》, 태학사, 2002.

도움 주신 분들

고화정(영등포여자고등학교)

왕지윤(경인여자고등학교)

이민수(서울 삼정중학교)

임지향(중흥고등학교)

조현종(태릉고등학교)

국어시간에 고전읽기 9

금오신화, 노래는 흩어지고 꿈같은 이야기만 남아

1판 1쇄 발행일 2006년 7월 5일
개정판 1쇄 발행일 2014년 3월 3일
개정판 9쇄 발행일 2023년 7월 24일

기획 전국국어교사모임
지은이 최성수
그린이 노성빈

발행인 김학원
발행처 (주)휴머니스트출판그룹
출판등록 제313-2007-000007호(2007년 1월 5일)
주소 (03991) 서울시 마포구 동교로23길 76(연남동)
전화 02-335-4422 **팩스** 02-334-3427
저자·독자 서비스 humanist@humanistbooks.com
홈페이지 www.humanistbooks.com
유튜브 youtube.com/user/humanistma **포스트** post.naver.com/hmcv
페이스북 facebook.com/hmcv2001 **인스타그램** @humanist_insta

편집책임 문성환 **편집** 윤무재 **디자인** 김태형 유주현 림어소시에이션
스캔·출력 이희수 com. **용지** 화인페이퍼 **인쇄** 청아디앤피 **제본** 민성사

ISBN 978-89-5862-683-1 44810